फिर सुबह होगी

फिर सुबह होगी

बलवन्त सिंह

लोकभारती प्रकाशन

लोकभारती प्रकाशन
पहली मंजिल, दरबारी बिल्डिंग, महात्मा गांधी मार्ग
प्रयागराज-211 001
वेबसाइट : www.lokbhartiprakashan.com
ईमेल : info@lokbhartiprakashan.com
शाखाएँ : 1-बी, नेताजी सुभाष मार्ग, दरियागंज
नई दिल्ली-110 002
अशोक राजपथ, साइंस कॉलेज के सामने
पटना-800 006
1, अनमोल सोराबजी संतुक लेन, धोबी तलाव,
मरीन लाइंस, मुम्बई-400 002

पहला संस्करण : 2016
वर्तमान संस्करण : 2024

मूल्य : ₹ 495

बी.के. ऑफसेट
नवीन शाहदरा, दिल्ली-110 032
द्वारा मुद्रित

PHIR SUBAH HOGI
by Balwant Singh

ISBN : 978-93-5221-108-1

फिर सुबह होगी

1

दर्द चाहा था हमें छिपाना।
खुल गया फिर भी दिल का फसाना।।

लेडी विलिंगडन गर्ल्स होस्टल के एक कमरे में बैठी हुई कुछ लड़कियों में से एक, जिसका नाम उमा था, अपनी जगह से उठी और गिलास हाथ में लेकर ठण्डे पानी की सुराही तक पहुँची तो लड़कियों ने आँखों के इशारे से एक-दूसरे को कुछ समझाया और चुपचाप हँसने लगीं।

उमा को सखियों के मौन संकेत का कुछ भी पता नहीं था। उसे अपनी धुन में यह ध्यान तक नहीं आया था कि कमरे में एकाएक सन्नाटा क्यों छा गया था। सुराही की गरदन झुकी थी और उसके गले में से बहने वाले पानी की आवाज़ और भी स्पष्ट रूप से सुनायी पड़ रही थी। लेकिन उमा का ध्यान न अपनी सहेलियों की ओर था, न सुराही की ओर। वह युनिवर्सिटी के फाटक को एकटक देख रही थी। आज चौथा दिन था—जब से सुरेश की शक्ल नहीं दिखायी दी थी।

क्या वह सुरेश से प्रेम करती थी?

इस विचार से वह काँप गयी। नहीं, नहीं—वह प्रेम नहीं करती थी।

फिर यह सब क्या था?

क्या था?—वह क्या जाने।

कई महीने पहले की बात है कि फ्रान्सीसी साहित्य की एक कक्षा में उसने निगाह उठायी तो उसकी आँखें सीधी सुरेश की आँखों से जा मिलीं। सुरेश कोई नया छात्र नहीं था। वे दो साल से इस पीरियड में आमने-सामने बैठे फ्रेंच पढ़ते चले आ रहे थे। उन्होंने सरसरी निगाह से एक-दूसरे की ओर अनेक बार देखा था, किन्तु उस दिन बिना किसी प्रेरणा के जो दोनों की आँखें मिलीं तो घुल-मिलकर रह गयीं। कुछ क्षणों तक एक-दूसरे की ओर देखने पर दोनों इस तरह विवश हो गये मानो उनकी पलकें आपस में उलझ गयी हों। फिर एकदम उमा का हृदय जोर से धड़का और जैसे उसकी निगाहें आकाश से पृथ्वी पर आ गिरी हों। इस प्रकार अनायास निगाहों के मिलने, मिलकर मिले रहने के बाद सहसा इस तरह तड़पकर अलग हो जाने के कष्टप्रद अनुभव से पहले उसका चेहरा कानों तक लाल हो गया और फिर पीला पड़ गया...लेकिन हर रंग में एक नवीन आकर्षण था।

इसके बाद कई दिनों तक सुरेश की ओर देखने का उसे साहस नहीं हुआ। वह नहीं जानती थी कि सुरेश भी उसकी ओर देखता था या नहीं। नज़रों के आपस में मिलने से जो भावना उसके मन में उत्पन्न हुई थी वह प्रभाव की दृष्टि से तीव्र अवश्य थी किन्तु

अस्पष्ट भय और एक पाप का अनुभव लिये हुए। और उनमें जैसे प्रकाश की एक किरण!

उनके बीच उपर्युक्त दृष्टि-मिलन के अतिरिक्त कभी कोई घटना नहीं घटी, यहाँ तक कि कभी दोनों में एक बात तक नहीं हुई। यद्यपि यूनिवर्सिटी के कई लड़के आते-जाते इशारेबाजी करते। कुछ दुष्ट मनचले आवाज़ें भी कसते, लेकिन उसने सुरेश की आवाज़ कभी नहीं सुनी। यहाँ तक कि कभी रास्ते में भी जाने-अनजाने मुठभेड़ नहीं हुई। कभी-कभी उमा को इस पर आश्चर्य होता। किन्तु क्लास-रूम में वह अवश्य आता था। फिर जब कभी उमा ने बहुत साहस से काम लेकर आँख उठायी भी तो सुरेश को अपनी ओर से हमेशा बेपरवाह पाया। कभी-कभी ही ऐसा हुआ कि दृष्टि उठाने पर उमा को ऐसा अनुभव होता मानो प्रेम की एक निगाह अभी-अभी उसकी काली काकुलों को चूमती हुई इधर से गुज़री है।

इस प्रकार एक अपरिचित से इतनी अनजान किन्तु उसकी उपस्थिति के अनुभव से इतनी भिज्ञ रहते हुए दिन बीतते गये। शायद उमा को यह ख़याल था कि जीवन-पर्यन्त इसी प्रकार दिन बीतते जायेंगे। लेकिन चार दिन पहले एकाएक क्लास-रूम सूना-सूना-सा दिखायी पड़ने लगा, और आज भी...

अपनी तल्लीनता में उमा को यह भी ध्यान न रहा कि गिलास कभी का भर चुका है। इधर पानी की धार पटाखे की आवाज़ के साथ ज़मीन पर गिरी, उधर उसकी सहेलियाँ ठहाका लगाकर हँसीं, तब उमा को होश आया। वह झेंपकर पीछे हटी और तिपाई से टेक लगाकर पानी पीने लगी...लेकिन उसे इस बात का अनुभव नहीं हुआ कि उसकी सहेलियाँ उसके मन की दशा से भी परिचित हैं।

लड़कियों में से एक चंचल बोली—"अरी, मालूम भी है..."

सबने शोखी से कान आगे बढ़ाये।

"अरी, क्या?"

"वह चला गया।"

शशि, जो सबसे अधिक चंचल थी, नाक पर उँगली रखकर भवों से उमा की ओर संकेतकर बोली, "चले गये कहो न!"

"हाँ, भूल हो गयी। चले गये, चले गये।"

"पर कहाँ गये?"

"न जाने।"

"न जाने!"

"हाँ भई, किसी से कहकर तो नहीं गये!"

"ऐ है, हो सकता है कहकर ही गये हों...किसी से।"

इस पर सब लड़कियाँ उमा की ओर देखने लगीं। उमा निश्चेष्ट बैठी रही। यदि वह बोलना भी चाहती तो न बोल पाती।

शशि ने कहा, "भई, मालूम होता है कि सचमुच किसी से कुछ कह नहीं गये, चुपके से खिसक गये।" फिर वक्ष पर हाथ मारकर बोली, "अपनी चीज़ों की जाँच-पड़ताल कर लो। कुछ चुराकर न चल दिये हों किसी का।"

"अरी नहीं, चोर तो नहीं दिखायी देते थे वह।"

"अच्छा, तो चोरों के क्या सींग होते हैं!"

"नहीं भई, बेचारे चुपचाप बैठे रहते थे।"

"तो क्या चोर ढोल पीटकर आते हैं!"

"ओफ्फोह, तुम तो हुज्जत करने पर उतारू हो..."

दूसरी ने समर्थन किया, "सच कहती हो। बड़ी भोली सूरत पायी थी उन्होंने।"

"हाँ, यह मानना पड़ेगा। कभी किसी लड़की से हँसी-मज़ाक नहीं करते थे। न छेड़ते, न आवाज़ कसते।"

"ठीक है, ठीक है। लेकिन..." शशि ने उपदेशात्मक ढंग से कहा, "लेकिन आपको मालूम होना चाहिए कि दिलों के सौदे चुपचाप भी हो जाया करते हैं..."

"सच!" एक ने शशि से पूछा, "लगता है कि तुम दिलों की व्यापारिन हो।"

"अजी, हटो!" शशि ने ठुनककर चुपके से फिर भवों द्वारा उमा की ओर संकेत किया, "हमें मत सताओ।"

"अजी, किस ध्यान में हो, क्लास का समय हो चुका। चलिये।"

इस पर खलबली मच गयी। गिरी पड़ी किताबों और कापियों की तलाश होने लगी।

चलते-चलते, उमा को चुपचाप बैठे देखकर एक सहेली ने कहा, "आओ, उमा, चलोगी नहीं!"

"नहीं।"

"क्यों?"

उमा ने उत्तर दिया, "सिर में दर्द हो रहा है।"

यह सुन शशि ने बड़ी घबराहट प्रकट करते हुए उमा के हृदय पर हाथ रखकर कहा "हाय राम, क्या बहुत अधिक दर्द है!"

दूसरी सहेली ने शशि का हाथ पकड़कर उमा के माथे पर पटकते हुए कहा, "अरी, सिर यहाँ होता है!"

शशि ने सिर हिलाकर सान्त्वना दी, "च् च...कोई बात नहीं, उम्र ही ऐसी है।"

"उम्र नहीं। मौसम खराब है।" यह कहकर दूसरी लड़कियाँ शशि को खींचतीं, ठहाके लगातीं कमरे से बाहर निकल गयीं।

अकेली बैठी उमा ने एक नज़र फिर यूनिवर्सिटी के फाटक पर डाली जहाँ से सुरेश रोज गुजरता था। इस समय वह फाटक कितना सुनसान था। धूल के नन्हे-नन्हे बवण्डर फाटक में आ-जा रहे थे।

2

चुपके-चुपके मैं गीत किसी के गाता हूँ

इलाहाबाद के सिविल लाइन्स के चौराहे पर खड़े होकर यदि पश्चिम की ओर दृष्टि दौड़ायी जाय तो आधुनिक ढंग की एक दूकान दिखायी देगी जिसके बाहर सुन्दर साइनबोर्ड पर बड़े-बड़े अक्षरों में ''मॉडर्न जनरल मर्चेन्ट्स'' लिखा दिखायी पड़ेगा। यूँ बाहर से देखने पर यह दूकान बड़ी भली दिखायी देती है और अन्दर जाने पर हृदय पर उसके वातावरण का प्रभाव भी बड़ा सुखद पड़ता है, किन्तु उसमें काम करने वाले सुखद जीवन नहीं व्यतीत कर रहे हैं।

इस दूकान की नींव बेनीप्रसाद ने डाली थी। वह उन व्यापारियों में से थे जो अपने अंग्रेज ग्राहकों के स्वभाव को ख़ूब जानते-पहचानते हैं और जो अज्ञात ढंग से ऐसे ग्राहकों के दिलों को उभारकर उनसे रुपया बटोरने की कला में प्रवीण होते हैं। किन्तु जब बुढ़ापे ने आ दबाया, निगाह कमजोर हो गयी, हाथ-पाँव काँपने लगे तो इस दूकान के संस्थापक चुपचाप घर बैठ गये। वैसे भी वर्षों उनके साथ काम करने के लिए कारण उनका बड़ा लड़का रोशन काफ़ी होशियार हो गया था, इसलिए उन्होंने सारा भार बेटे के कन्धों पर डाल दिया।

अब स्थिति यह थी कि रोशन कुछ वर्ष परिश्रम करने के बाद कुछ आरामतलब हो गया था। पर्याप्त आय और खुला हाथ होने के कारण वह लाल परी का भी आशिक़ हो गया। अब तो यह हाल था कि दोपहर से ही वह नशे में धुत्त हो जाता। इस प्रकार काम में रुकावट होने लगी। वह तीन-चार कक्षा से अधिक नहीं पढ़ पाया था और वह इस बात के भी विरुद्ध था कि वह मेहनत करे और उसका छोटा भाई सुरेश युनिवर्सिटी में शिक्षा प्राप्त करे। पिता के जीवित रहते तो उसकी दाल नहीं गलती—लेकिन उनके स्वर्गवास के बाद उसने सुरेश को पत्र पर पत्र लिखने शुरू किये कि तुरन्त लौट आओ। सुरेश ने लिखा कि परीक्षा में तीन-चार महीने बाक़ी रह गये हैं इसलिए परीक्षा देकर आ जाऊँगा परन्तु रोशन को इसी बात से तो चिढ़ थी। उसने खर्चा भेजना बन्द कर दिया। लाचार हो सुरेश को अचानक वापस आना पड़ा। भाई से बहुत बहस हुई किन्तु माँ पहले ही मर चुकी थी, पिता की भी छाया न रही। अब उसका पक्ष लेने वाला कौन था! भाई कहता था कि बी. ए. पास करो या एम. ए. करो, अन्त में दूकान पर ही बैठना पड़ेगा। लाचारीवश अब दूकान थी, बड़ा भाई था और था बी.ए. का असफल विद्यार्थी सुरेश।

युनिवर्सिटी में भी सुरेश को अत्यधिक कंजूसी से काम चलाना पड़ता, फिर भी उस वातावरण और वर्तमान वातावरण में आकाश-पाताल का अन्तर था। यूनिवर्सिटी में वह

जीवन की उच्चतम उन्नति के सपने देख सकता था किन्तु यहाँ दूकान की चारदीवारी से बाहर निगाह दौड़ाना असम्भव था।

दूकान में काम करते उसे पाँच-छह मास बीत चुके थे। सुबह-सुबह आना, दूकान खोलना, अन्दर-बाहर की सफाई करना, हिसाब-किताब रखना उसका काम था। ग्यारह बजे के लगभग उसका बड़ा भाई, जो क़द में भी उससे बड़ा था, मलमल का कुर्त्ता पहने, सफेद पाजामा लहराता आता। शराबखोरी और ऐयाशी के कारण उसका अंजर-पंजर ढीला हो गया था। शरीर सूखता जा रहा था, बाल पकने शुरू हो गये थे। दाँत पहले से ही कुछ दूरी पर थे, अब हिलने भी लगे थे। पढ़े-लिखे लोग अपने नीचे काम करते देख उसे प्रसन्नता भी होती और हार्दिक सन्तोष भी। दोनों भाइयों के बीच कारोबारी बातचीत के अतिरिक्त और कोई बात कम ही होती थी। एक बजे के करीब जब ग्राहकों की कमी हो जाती तो रोशन बोतल का काग उड़ाकर काउण्टर के पीछे उसे रख लेता। फिर गिलास में शराब उँड़ेलकर उसे बड़े इत्मीनान के साथ पीना शुरू कर देता। जैसे-जैसे सुरूर बढ़ता, उसकी आँखों के डोरे लाल होते जाते। यहाँ तक कि दोनों आँखें बाहर को निकली-सी पड़तीं। उस समय उसकी बातचीत सुनने के योग्य होती। लेकिन सुरेश को उससे कोई दिलचस्पी नहीं थी। वह फ़ुरसत के समय सबसे अलग दूकान के एक कोने में बैठा कोई किताब पढ़ता या धीमे सुरों में कुछ गुनगुनाया करता।

एक दिन दोपहर के समय ऐसे ही एक मौक़े पर रोशन नशे में धुत्त होकर काउण्टर पर रखी बाँहों पर सिर टिकाये चुपचाप पड़ा था। सहसा उसने इस प्रकार सिर उठाया मानो कोई भूली-बिसरी बात याद आ गयी हो। उस समय उसकी आँखें फैली-फैली थीं और उन पर नमी की एक तह दमक रही थी। उसने अपने सिर को इधर-उधर घुमाकर देखा। फिर क्षणभर को उसका सिर रुक गया। उसने कुछ कहना चाहा किन्तु उसका मुँह फूलकर रह गया। फिर उसने बड़े प्रयास से कहा, "बेटे!"

सुरेश किताब पढ़ने में लीन रहा।

"बेटे!" रोशन ने फिर कहा।

सुरेश ने सिर उठाया। दूकान में और कोई नहीं था। उसे असमंजस में देख रोशन ने कहा, "तुम्हीं को बुला रहा हूँ।"

सुरेश को आश्चर्य हुआ। वह उठा और काउण्टर के पास पहुँचा तो भाई ने कहा, "हम तुमको बेटा कह सकते हैं। पूछो क्यों?"

सुरेश चुप रहा।

हम क्या कह रहे हैं! पूछों क्यों?

सुरेश को उसकी "पूछो क्यों" से बड़ी चिढ़ थी। परन्तु ऐसे अवसर भी आ ही जाते थे, अतएव उसने नीरस स्वर में पूछा, "क्यों?"

"शाबाश! देखो, मेरा बाप मर गया है, और क्योंकि तुम मेरे भाई हो इसलिए तुम्हारा भी बाप मर गया है—ठीक?"

"ठीक।" सुरेश ने हामी भरी।

"और क्योंकि हम बड़े भाई हैं इसलिए हम बाप के स्थान पर हैं। इस तरह तुम हमारे छोटे हुए और इस नाते तुम्हें हम बेटा कह सकते हैं। समझे?"

"समझ गया।"

"क्या समझे? लेकिन…" यह कह बड़े भाई ने अपनी ख़ुमार भरी आँखों से छोटे भाई के चेहरे को ध्यान से देखा। अपना चंचल हाथ उठाया—फिर उँगली से उसकी ओर संकेत करते हुए अपनी बात जारी रखी, "लेकिन हम बड़े घाघ हैं, क्या समझें?"

सुरेश चुप रहा। इस पर भाई ने फिर उसकी ओर गौर से देखा, मानों उसकी खामोशी से उसे बड़ा कष्ट हो रहा हो। उसने आग्रहपूर्वक कहा, "क्या समझे?"

"आप बड़े घाघ हैं।"

"हाँ।" बड़े भाई ने जोर से सिर हिलाया, "हाँ, हम बड़े घाघ हैं। पूछो क्यों?"

सुरेश का जी चाहता था कि कपड़े फाड़कर कहीं दूर भाग जाये। भाई के आग्रह पर उसने ऊबकर पूछा, "क्यों?"

"बेटा!" रोशन ने अपना दुर्गन्धित हाथ सुरेश के हाथ पर रख दिया, "बेटा! हमारा धर्म है कि तुमको अच्छी-अच्छी बातें बतायें। देखों हम बड़े घाघ हैं। पूछो क्यों?"

"क्यों" सुरेश ने बहुत ऊबकर फिर पूछा।

इस पर रोशन उठकर खड़ा हो गया। वैसे भी उसका क़द सुरेश से निकलता हुआ था, किन्तु काउन्टर के पीछे बने हुए चबूतरे पर खड़ा हो जाने से वह बहुत लम्बा दिखायी पड़ने लगा। उसने दोनों हाथ सुरेश के कन्धों पर रख दिये। सुरेश को भाई की इस "ओवर एक्टिंग" के कारण झुँझलाहट हो रही थी। इस पर बड़े भाई ने कुछ क्षणों तक और अपने बेतरतीब तथा भद्दे दाँतों का प्रदर्शन किया। फिर बड़े रहस्यपूर्ण स्वर में बोला, "उमा! मैं तुम्हें प्यार करता हूँ।"

सुरेश इस प्रकार पीछे हट गया मानो उसे साँप ने डस लिया हो।?

"हो हो हो…हू हू हू…ही ही ही…" और रोशन दुकान से बाहर निकल गया।

सुरेश ने काउन्टर को इस प्रकार मजबूती से पकड़ लिया मानो वह धरती पर गिर पड़ने को हो।

सजी-सजाई सुन्दर आलमारियों में पड़ी हुई प्रत्येक छोटी-बड़ी चीज मानो चिल्ला-चिल्लाकर कह रही थी—"उमा! मै तुम्हें प्यार करता हूँ।"

सुरेश को बड़ी कोफ़्त हो रही थी। उसने झपटकर कोने से वह कापी उठायी जिस पर उसने कई मास पूर्व क्लास में बैठे यह वाक्य लिखा था।

उसने वह पन्ना फाड़कर जला देने का निश्चय कर लिया। फिर उसके हाथ रुक गये। उसने धीरे-धीरे इस वाक्य पर होंठ रखते हुए धीमे स्वर में कहा, "उमा ! मैं तुम्हें प्यार करता हूँ।"

3

लो, फिर याद किसी की आयी

इस घटना के कुछ ही दिन बाद एक सुबह सुरेश ने दुकान खोली ही थी कि एक नवयुवती ने दुकान में प्रवेश किया। ग्राहक और मृत्यु का वैसे तो कोई समय निश्चित नहीं है लेकिन इतनी जल्द किसी ग्राहक का आना असाधारण बात थी।

सुरेश ने इशारे से नौकर को रोक दिया, जो हाथ में झाड़ू लिये दुकान की सफाई करने को तैयार खड़ा था, और उस उच्च वर्ग की दिखने वाली युवती से आदरपूर्वक बोला, "कहिये, क्या सेवा कर सकता हूँ?"

युवती ने कान में पड़े हुए बुन्दे को छूते हुए कहा, "मुझे टॉयलेट का कुछ सामान और कुछ दूसरी चीजें खरीदनी हैं। अगर आपको अवकाश हो तो।" यह कहकर उस युवती ने निगाह उस नौकर की ओर डाली जो अभी तक झाड़ू लिये तैयार खड़ा था। वह समझे था कि सम्भवतः युवती को एकाध चीज़ खरीदनी होगी, फिर उसे तुरन्त अपना काम करना होगा।

अनाड़ी नौकर की सूरत देखकर सुरेश को कुछ बुरा लगा। उसने तनिक डपटकर कहा, "जाओ, बाहर बैठो, मैं आप को बुला लूँगा।"

अब युवती को कुछ संतोष हुआ। उसने बटुये में से एक काग़ज़ निकाला और सूची में से चीज़ों के नाम बोलने लगी। उसने लगभग सौ रुपये से ऊपर का सामान खरीदा। सुरेश सामान भी जुटा रहा था किन्तु साथ ही साथ उस युवती के चेहरे को भी ध्यान से देखने का प्रयास कर रहा था। न जाने क्यों उसके मन में बार-बार यह विचार उत्पन्न होता था कि उसने इस युवती को कहीं देखा है। कहाँ देखा है?—शायद यूनिवर्सिटी में!

जब सामान एक जगह एकत्र हो गया तो उसने पूछा, "आप एक बार फिर याद कर लें, यदि कोई चीज़ रह गयी हो तो बताइये।"

युवती ने सूची पर दोबारा नजर डाली और फिर सिर हिलाकर बोली, "नहीं, थैंक यूँ।"

"अच्छा तो मैं इसका एक ही बँडल बँधवा देता हूँ।"

यह कहकर उसने नौकर को आवाज देने के लिए मुँह ऊपर उठाया ही था कि युवती ने उस बात को काटते हुए कहा, "क्या हमने एक-दूसरे को पहले भी कहीं देखा है, यद्यपि यह पूछते हुए बड़ा संकोच-सा हो रहा है?"

यह सुन सुरेश भी काउन्टर पर कोहनी टेककर खड़ा हो गया। उसके चेहरे पर एक प्रसन्न मुस्कान खेलने लगी। वह बोला, "सच्ची बात तो यह है कि जब से आप आयी

हैं स्वयं मेरे दिमाग़ में भी यही विचार चक्कर काट रहा है। परन्तु आप जानती ही हैं कि दुकानदार को प्रतिष्ठित महिलाओं के सम्बन्ध में कितना सावधान रहना पड़ता है…"

"धन्यवाद।" युवती ने चेहरे पर से बालों की एक लट को हटाते हुए कहा, "और अगर मैं भूलती नहीं तो यूनिवर्सिटी में एक-दूसरे को देखने का संयोग हुआ था।"

"जी, यही बात है।"

किसी स्त्री की स्मृति में अस्पष्ट रूप से रहना भी पुरुष के लिए प्रसन्नता की बात तो होती ही हैं, इसलिए सुरेश के हृदय पर भी इस बात का बड़ा सुखद प्रभाव पडा। उसने अपनी बात जारी रखने के उद्देश्य से कहा, "माफ़ कीजियेगा, आप पहले से बहुत बदल गयी हैं, नहीं तो मुझे आपको पहचानने में इतनी कठिनाई न होती।"

इस पर युवती तनिक झेंपकर बोली, "मेरी मैरेज हो गई है। बी. ए. का रिजल्ट भी नहीं निकलने पाया था…"

"आप पास तो हो गयी न?" सुरेश ने तनिक निस्संकोच भाव से मुसकराते हुए पूछा।

"जी हाँ।"

"बधाई।"

"धन्यवाद।"

"क्या वह...मेरा मतलब है कि आपके "वह" यहीं पर…?"

"जी हाँ, वह यहीं पर हैं…मजिस्ट्रेट हैं…मिस्टर सक्सेना का नाम तो सुना होगा आपने!"

"जी हाँ, ख़ूब-ख़ूब।"

"कल मैं यहाँ से गुज़री तो मैंने आपको दुकान पर देखा। मुझे आश्चर्य हुआ कि आ यहाँ कहाँ।"

"यह मेरे भाई साहब की दूकान है।"

"ओह, बात यह है कि मैं शादी के बाद बहुत कम यहाँ रही। मैंने कल ही आपको देखा। सच पूछिये तो मैं जान-बूझकर सुबह ही सुबह दुकान पर पहुँच गयी।"

सुरेश यह सुन असमंजस में पड़ गया। कुछ देर तो बड़ी बेढंगी-सी खामोशी छायी रही, फिर श्रीमती सक्सेना ने पूछा, "आप उमा को जानते हैं?"

सुरेश का हृदय मानो गले में आकर अटक गया हो। उसे सूझ नहीं रहा था कि इस बात का क्या जवाब दे।

"कौन उमा?"

"वह फ्रैंच की क्लास में आपके सामने बैठती थी। मैंने फ्रैंच तो नहीं ले रखी थी पर वह मेरे ही सेक्शन में पढ़ती थी।"

अब सुरेश को जान-बूझकर अनजान बन माथे पर बल डालकर गौर करना पड़ा। युवती ने उसे याद दिलाने के उद्देश्य से कहना आरम्भ किया, "साँवली-सी-लड़की थी।

काले रंग के बोझल बाल, बारीक़ भवें, पतले-पतले होंठ, दाँतों की लड़ी सुन्दर, बड़ी-बड़ी भीगी-सी आँखें···"

"हाँ, जी···जी, सूरत तो याद आती है···"

यह कहकर उसने श्रीमती सक्सेना की ओर देखा तो उसे ऐसा अनुभव हुआ मानो वह आँखों ही आँखों में कह रही हो, "बेवफ़ा पुरुष।"

वह बेचारा चुप रहा। उसे कोई बात सूझ नहीं रही थी। श्रीमती सक्सेना ने एक कदम आगे बढ़कर मधुर स्वर मे कहा, "मालूम है?"

सुरेश ने क्षणभर के लिए श्रीमती सक्सेना की नज़र से नज़र मिलायी।

"वह आपको प्यार करती थी।"

यह सुनते ही मानो सुरेश के मन में किसी ने उछलकर कहा, "क्या वह भी?"

"आप जानते हैं, आपके एकदम चले आने से उसकी क्या दशा हुई?"

सुरेश को बड़ा आश्चर्य हुआ। वह नहीं जानता था कि मामला यहाँ तक पहुँच चुका था। उसने स्वप्न में भी नहीं सोचा था कि वह उससे प्रेम करती थी।

"मैं यहाँ आने पर मजबूर किया गया था, लेकिन मुझे इसके बारे में बिलकुल पता नहीं था, नहीं तो..."

"नहीं तो क्या···आप कैसी भोली बातें करते हैं। आप कहते हैं कि आप उसके प्रेम से अनभिज्ञ थे। यह कैसे हो सकता है कि पुरुष को कोई स्त्री चाहे और उसे इसका पता न हो!"

"मैं आपको विश्वास दिलाता हूँ कि मुझे इस बात का बिलकुल पता नहीं था। मैं तो सिर्फ यह जानता था···सिर्फ यह···"

"क्या?"

"सिर्फ यह कि मैं उसे प्यार करता था, करता हूँ और करता रहूँगा···"

"तब आपने उसे कभी एक पत्र तक क्यों नहीं लिखा?"

"चाहता था लिखना, पर मैंने आपको बताया न, मैं नहीं जानता था कि वह मुझसे प्रेम करती थी···लेकिन अब···अब वह कहाँ है?"

"मसूरी में।"

"पता?"

श्रीमती सक्सेना मुस्करायी, "जब आपको अभी तक पता नहीं था कि वह भी आपसे प्रेम करती थी, क्या मेरे कहने से एकदम आप पत्र लिख दीजियेगा! अरे साहब, अब इन्तजार कीजिये कि पहले वह आपको पत्र लिखे।"

"उसको मेरा पता मालूम नहीं।"

"आप इन बातों की चिन्ता छोड़िये। अब तो यह सोचिये कि कहीं उसकी शादी तो नही हो चुकी। अच्छा, नौकर को बुलाइये, मेरे सामान का बंडल बना दे।"

सुरेश के हृदय में उस युवती की बातों ने खलबली मचा दी थी और वह युवती उसकी इस दशा को देख आनन्दित हो रही थी। जाते-जाते उसने धीरे से कहा, "उमा की अभी शादी नहीं हुई।"

4

न सोचा न समझा, न सीखा न जाना
मुझे आ गया, खुद-बखुद दिल लगाना

श्रीमती सक्सेना का आगमन तो सुरेश के लिए ऐसा ही था जैसे आकाश से कोई देवता उतरे और एक सुखद समाचार सुना जाय।

दो दिन तक सुरेश इस मुलाक़ात और उसमें जो बातें ज्ञात हुईं उनके विषय में सोच-सोचकर प्रसन्न होता रहा। किन्तु फिर मन में शंकाओं ने सिर उठाया। हो सकता है कि उसके साथ मज़ाक किया गया हो। आख़िर श्रीमती सक्सेना ने उमा का पता बताने में क्यों आना-कानी की?

धीरे-धीरे उसके मस्तिष्क की उलझनें बढ़ने लगी। वह भावुकता की उस मंजिल पर पहुँच चुका था जहाँ से लौटना उसके वश की बात नहीं थी। वह नहीं जानता था कि ये सब बातें गलत सिद्ध हुईं तो वह क्या करेगा।

एक दिन सुबह की डाक में उसने एक ऐसा लिफाफ़ा और उस पर एक ऐसी लिखावट देखी जो सबसे भिन्न थी। उमा के पत्र की बात सोचने पर उसकी उँगलियाँ काँपने लगीं। क्षणभर को तो उसके हाथों में इतनी शक्ति भी बाक़ी नहीं रही कि वह लिफ़ाफ़ा खोलकर पढ़ सके।

उसने घड़ी की ओर देखा। अभी भाई के आने में लगभग आधा-पौन घण्टा बाक़ी था। उसने इस समय का लाभ उठा लेना ही उचित समझा और काउन्टर से उठकर अपने मनपसन्द कोने में जाकर बैठ गया।

लिफ़ाफ़ा खोला तो उसका विचार सही निकला। यह उमा का पत्र था। लिखा था :

क्वार्टर नं. 14, न्यूलैंड, कैमल्स बैंक रोड,
मसूरी, 22 जून, 1930

सुरेश जी! नमस्कार।

हाथ में कलम लिये सोच रही हूँ कि क्या लिखूँ और क्या न लिखूँ।

यह न समझियेगा कि मेरे पास कुछ लिखने को नहीं है, बल्कि वास्तव में लिखना कितना इतना अधिक है कि सूझता नहीं, कहाँ से शुरू करूँ।

कितना अज़ीब, कितना विचित्र है यह प्रेम! कितना पुराना शब्द है यह लेकिन नया। कितना अर्थहीन है यह जीवन परन्तु कितना अर्थपूर्ण है यह प्रेम।

सबसे पहले तो मुझे अपनी उस प्यारी सखी को धन्यवाद देना है जिसने आपको ढूँढ निकाला। नहीं तो कुछ दिनों के बाद वह समय भी आ जाता कि यदि अप्प दर-दर कि ख़ाक छानकर भी मेरी खोज करते तो मुझे न पा सकते। कारण? आपका प्रेम!

संसार के अन्य दुःख कितने अधिक हैं, अनगिनत समस्यायें हैं जिनका कोई हल नहीं। जीवन में इस तपते हुए रेगिस्तान में प्यार की रंगीन बातों की छाया ही "जल बिन व्याकुल मछली" की भाँति बेचैन हृदय को सान्त्वना या शान्ति प्रदान करती है।

किन्तु मैं नहीं जानती कि कब मैं आपके प्रेम की शीतल छाया में चुपचाप जा बैठी, इतनी खामोशी से कि आपको भी कुछ ख़बर नहीं हुई। आपको क्या, स्वयं मुझे ख़बर नहीं हुई।

वास्तव में मेरा जीवन दुःखों की खान है। मेरी न माँ जीवित हैं, न मैं पिता का प्रेम पा सकी। न कोई लाड़ करने वाला, न कोई नाज उठाने वाला। मुझे प्रेम कहाँ सूझ सकता था!

मुझे उन लड़कियों से ईर्ष्या होती है जो अपने प्यारे माता-पिता की छत्रछाया में बढ़कर उमंगों और तरंगों की अवस्था में पहुँचती हैं। तब उनको प्यार करने वाला कोई उनके मन-मन्दिर का देवता आता है। सन्ध्या की काली काकुलों की छाया और तारों के मंडप के नीचे वे अपने प्रेमी की बाँहों में पाती हैं। उस समय उनकी चमकीली आँखें नाचती हैं, मन नाचता है, उमंगें और तरंगें नाचती हैं। फिर वे अपने आपको अपने प्रियतम की बलिष्ठ भुजाओं में ढीला छोड़ देती हैं और मधुर गीत गाती तथा सुरीली तानें उड़ाती हुई प्रेम की नदी की सतह पर उनके जीवन की छोटी-सी नौका बह निकलती है—उनकी आँखों से छलकती मदिरा उनके मनमोहन के हृदय को तड़पाती है और उनके सौंदर्य के वश में आये हुए प्रेमी के प्यासे होंठों में से निकलती प्रेम में सराबोर ठंडी आहें उनकी छाती में ठंडक पहुँचाती हैं। मैं उन सौभाग्यशालिनी लड़कियों में से नहीं हूँ—मैंने पिछले जन्म में न जाने क्या पाप किया कि आज उसका दण्ड भोग रही हूँ—सचमुच मुझे प्रेम करने का कोई अधिकार नहीं है। परन्तु—कहते हैं कि प्रेम किया नहीं जाता, हो जाता है। सौभाग्य या दुर्भाग्य से मुझे आपसे प्रेम हो गया, किन्तु आपका प्रेम शरद ऋतु के समान इतने दबे पाँव आया कि मुझे उनका पता तक न चला और पता कब चला?

मुझे यह बात उस समय ज्ञात हुई जब उदास आँखों, लाल होंठ और चाँद-से मुखड़े वाला मेरा मनमोहन सदा के लिए मुझे छोड़कर चला गया। न मेरे पास उसका पता, न उसके पास मेरा। न मुझे यह पता कि वह मुझसे प्रेम करता है और न उसे यह मालूम कि मैं सदैव के लिए उसकी दासी बन चुकी हूँ।

साँझ हो रही है, दिये में तेल नहीं है। मेरी अत्यधिक बूढ़ी दादी चारपाई पर पड़ी कराह रही है। उनकी आवाज खड़खड़ा रही है। बाहर हवा आहें भरती हुई खड्डों में डूब-डूबकर उभर रही है।

मैं हूँ आपकी केवल एक स्मृति—

उमा

पत्र पढ़कर सुरेश के हृदय में ऐसी हलचल उत्पन्न हुई कि उसने उसे बार-बार पढ़ा। भोजन तक नहीं किया। सन्ध्या समय, सौभाग्य से उसका भाई सिनेमा देखने चला गया, तब उसने संतोष की सांस ली। उसने देखा कि दिनभर केवल पानी पी-पीकर उसके होंठों पर पपड़ियाँ जम गयी हैं और चेहरे से दुर्बलता प्रकट हो रही है। उसने एक बार फिर उमा का पत्र पढ़ा और औरेंज कश मँगवाकर उसके साथ कुछ बिस्कुट खा लिये। अब उसे पहले की अपेक्षा अपनी हालत कुछ अच्छी महसूस हुई। उसने कलम हाथ में लेकर तनिक सोचा और फिर लिखना आरम्भ किया :

रानी—कुमारी उमा!

आपका प्यारा पत्र मिला। मैंने उसे पढ़ा और उसके बाद मुझे पता नहीं क्या हुआ। मेरा जो हाल हुआ उसका वर्णन नहीं हो सकता। न भूख रही, न प्यास। न कुछ बोल सकता था, न सोच सकता था।

आपके प्रेम ने मेरा जो हाल कर दिया था वह आपको अपनी सहेली के पत्र द्वारा मालूम हो गया होगा। और यह अच्छा ही हुआ कि मेरी दुःखभरी कहानी किसी और ने कह सुनायी, नहीं तो यदि यह क़ार्य मुझे करना पड़ता तो न जाने क्या होता।

आप अपने आपको अभागिनी कहती हैं, लेकिन जिस किसी को भगवान ने इतना सुन्दर रूप दिया हो भला उसके सौभाग्य में किसे सन्देह हो सकता है। भाग्यहीन वह है जो उन होंठों तक पहुँच नहीं सकता, जिसको उन घने केशों की छाया तलेक्षण भर को चैन लेने का अवसर नहीं मिल सकता।

वास्तव में जब इस हृदय में आपका प्रेम उत्पन्न हुआ तब मेरी आँखों में आँसू आ गये। सोचा, इस नादान दिल ने बड़े साहस से काम लिया है, इसने सूर्य पर हाथ डाला है, स्वयं ही जलकर भस्म हो जायेगा।

मेरा विचार सही निकला। दिल नादान तो था ही, आ गया आप पर। लेकिन न मेरे दिमाग़ ने दिल का साथ दिया और न ही दिल ने दिमाग़ का।

दिल धीरे-धीरे सुलग रहा था कि सौभाग्य से आपकी सहेली से भेंट हो गयी।

आज मेरा मन इतना बेक़ाबू हो रहा है और मस्तिष्क में इतने प्रकार की भावनाएँ उठ रही हैं कि मैं आपको ठिकाने से पत्र भी नहीं लिख पा रहा हूँ—केवल आपको विश्वास दिलाना चाहता हूँ कि मैंने स्वयं को आपके प्रेम के योग्य कभी नहीं समझा। यदि मुझे सचमुच विश्वास हो जाये कि आपके कोमल हृदय में मेरे लिए थोड़ा-सा भी स्थान है तो मारे ख़ुशी के पागल हो जाऊँगा।

सदैव आपका बना रहने पर विवश

सुरेश

5

क्यों समझाने वाले समझाये जाते हैं,
दीवाने को और दीवाना बनाये जाते हैं!

जिस दिन सुरेश को अपने पत्र का उत्तर मिलने की आशा थी उस दिन उमा का कोई पत्र नहीं आया। इसके बाद कुछ दिन और बीत गये तो उसे अत्यधिक चिन्ता हुई। एक-एक क्षण काटना उसके लिए कठिन हो रहा था।

कभी यह ख़याल आता कि सम्भव है मेरा पत्र उसके किसी और सम्बन्धी के हाथ लग गया हो। न जाने बेचारी को किन-किन कष्टों का सामना करना पड़ा हो, या न जाने और क्या विपत्ति पड़ी हो।

इस प्रकार सोचते-सोचते उसके दिमाग़ को एक बात सूझी कि क्यों न उमा कि सहेली श्रीमती सक्सेना से पता किया जाय। सम्भव है उन्हें कोई ख़बर मिली हो।

आशा की इस किरण के इशारों पर नाचता हुआ वह रात को दूकान बन्द करने के बाद साढ़े नौ बजे के करीब उनके बँगले पर पहुँचा। संयोग से श्रीमती सक्सेना भोजन के बाद बाहर लॉन में ही बैठी थीं। उनके साथ कुछ और महिलायें भी थीं जिन्हें देख सुरेश को तनिक संकोच हुआ किन्तु श्रीमती सक्सेना ने उसे देख लिया। पुकारकर बोलीं, "आइये, आइये, सुरेश बाबू।"

वह निकट पहुँचा तो फिर बोलीं "अच्छा तो आप रुपया लेने आये हैं। ठीक है, आज आपका हिसाब चुकता कर दिया जायेगा।"

सुरेश ने पबराकर इनकार में सिर हिलाना चाहा तो उन्होंने वहाँ बैठी महिलाओं की दृष्टि बचाकर आँख मारकर इशारा किया और बोलीं, "अफ़सोस है कि मैंने आपको भेजा हुआ हिसाब अभी तक नहीं देखा। लेकिन कैरम की यह आख़िरी बाज़ी ख़तम हुई जाती है। इसके बाद आपका हिसाब-किताब देखूँगी। मुझे आशा है कि बीस-पचीस मिनट में हम निबटा लेंगे।"

सुरेश थोड़ा एक ओर हटकर कुर्सी पर बैठ गया और खेल समाप्त होने की प्रतीक्षा करने लगा।

पड़ोस की स्त्रियों ने खेल समाप्त होने पर जाने की आज्ञा ली और चली गयीं। उनके चले जाने के बाद श्रीमती सक्सेना ने बड़े तपाक से कहा, "अच्छा, कुर्सी आगे खिसकाइये। माफ कीजियेगा, बिना इस तरक़ीब के हमें एकान्त नहीं मिल सकता था।"

"मैं अनुभव करता हूँ कि मैंने आपको असमय कष्ट दिया है।"

"बिलकुल नहीं, बल्कि कहना चाहिए कि बड़े अच्छे मौक़े पर आये हैं, क्योंकि इस वक़्त वे भी क्लब गये हुए हैं।"

"तो क्या आप क्लब नहीं जातीं?"

"जाती हूँ लेकिन आजकल वे ड्रामा स्टेज करने का रिहर्सल कर रहे हैं। दो-चार दिन रिहर्सल मैंने भी देखा लेकिन मज़ा नहीं आया, इसलिए मैंने कह दिया कि आप हो आया करें। मैं यहीं पर बैडमिन्टन खेल लेती हूँ।"

"यह भी ख़ूब प्रोग्राम है।"

"अच्छा तो बताइये कोई पत्र आया?"

"जी आया तो था, लेकिन--"

"लेकिन क्या?"

"बस एक ही चिट्ठी आयी। मैंने उसका जवाब भी दे दिया था।

इसके बाद न जाने क्यों अभी तक कोई ख़बर नहीं मिली। मैंने स्वयं इसलिए फिर नहीं लिखा कि कहीं और किसी के हाथ मेरी चिट्ठी न पड़ गई हो। इसलिए आपसे मिलने चला आया।"

"अपनी दादी की मृत्यु की ख़बर तो उसने भेजी होगी?"

सुरेश ने आश्चर्य से पूछा, क्या दादी मर गयी उसकी? पहली चिट्ठी में उसने दादी की चर्चा की थी पर मुझे इस बात की कोई सूचना नहीं मिली कि उनका देहान्त हो चुका है।"

"मुझे आज ही ख़बर मिली है। बेचारी बहुत परेशान है। दादी के अतिरिक्त दुनिया में उसका कोई नहीं था। यद्यपि दादी व्यावहारिक दृष्टि से बेक़ार थी, उसे उससे कोई लाभ नहीं था, फिर भी कुछ सहारा तो था।"

"अच्छा तो मसूरी में रहती थीं उसकी दादी?"

"जी हाँ--मुझे अधिक विस्तार से तो मालूम नहीं पर इतना मालूम है कि उसके दादा ने मसूरी में कुछ क्वार्टर बनवाये थे। एक-एक कमरे के क्वार्टर हैं, जहाँ गरीब लोग रहते हैं। सम्भवतः उसके चाचा ने बचपन में उसके माता-पिता की मृत्यु हो जाने पर उसका पालन-पोषण किया था। परीक्षा देने के बाद वह अपनी दादी के पास चली गयी थी। वह सदा बीमार रहती थी, चल बसी।"

"यह तो बेचारी के लिए बुरा हुआ।"

"जी हाँ।"

"लेकिन आश्चर्य की बात है कि उसने मुझे कोई पत्र नहीं लिखा। मुझसे कुछ अप्रसन्न तो नहीं है?"

"अरे नहीं सुरेश बाबू! आप भी किस चक्कर में पड़े हैं। दादी की दशा अधिक बिगड़ गयी होगी, बस इसीलिए वह कुछ लिख नहीं पायी।"

यह सुन सुरेश ने चुपचाप सिर झुका लिया।

"आप लेमनेड पियेंगे या शर्बत?"

"जी, कुछ नहीं! धन्यवाद।"

खाली धन्यवाद से काम नहीं चलेगा। लेमनेड मँगवाये लेती हूँ।

"जब सुरेश ने लेनमेड का गिलास मुँह से लगाया तो श्रीमती सक्सेना ने तसल्ली देते हुए कहा—आप चिन्तित न हों। हो सकता है कि उसने चिट्ठी भेजी हो। आपको यदि आज नहीं तो कल मिल ही जायेगी। वह बेचारी स्वयं तो परेशान है। आपको तो चाहिए कि उसे धैर्य बँधाएँ आप स्वयं निराश हुए जाते हैं।"

सुरेश के शुष्क होठों पर मुस्कराहट उत्पन्न हुई, "आपका कहना ठीक है, मैं ऐसा ही करूँगा।"

"मुझे आपसे यही आशा थी। अच्छा, इस मामले में आप निश्चिन्त हो जाइये और यह बताइये कि आप यहाँ कैसा जीवन बिता रहे हैं?"

"बड़ा नीरस, निर्जीव बल्कि कष्टप्रद।"

"क्यों?"

"कारण जानकर आप क्या कीजियेगा। बस, यह समझ लिजिये कि परिस्थितियाँ ही ऐसी हैं।"

"अरे, मुझे बड़ा आश्चर्य हुआ। मुझे स्वप्न में भी यह ख़याल न ही था कि आपको प्रेम के अतिरिक्त और भी कई दुःख हैं।"

"यदि मेरी परिस्थितियाँ अनुकूल होतीं तो आप सोचिये कि बी. ए. फाइनल की परीक्षा से मैं क्यों भाग आता?"

"ठीक है।"

"इसमें मेरे भाई साहब का हाथ था।"

"उनको इसमें क्या आपत्ति थी?"

"वह नहीं चाहते थे कि मैं आगे पढ़ूं, बल्कि बी. ए. की परीक्षा भी पास करूँ।"

"लेकिन क्यों?"

"वह ख़ुद अनपढ़ जो हैं..."

"आपके माता-पिता...?"

"वे मर चुके हैं।"

"लेकिन यह कारोबार तो अच्छा है।"

"अच्छा तो है।"

"इसमें आपका भी हिस्सा है?"

"लेकिन इस समय तो सारे काले-सफेद के मालिक भाई साहब हैं।"

"ठीक है। लेकिन आप अपना हक न छोड़िये। अनुभवहीन आदमियों वाली बातें न कीजिये। आप तुरन्त अपने भाई से जायदाद और दूकान की आमदनी के बारे में फैसला कीजिये, कोई बात भाग्य पर मत छोड़िये।"

सुरेश अनुभवहीन तो था ही। उसने बड़ी-बड़ी मासूम आँखों से श्रीमती सक्सेना की ओर देखा। फिर बोला, "लेकिन मैं क्या कर सकता हूँ?"

"अरे, आप सचमुच ही बड़े भोले हैं। आप बालिग़ हो चुके हैं, आप जो चाहें कर सकते हैं।"

सुरेश तनिक रुका। फिर बोला, "आपकी कीमती राय के लिए धन्यवाद। अच्छा, अब आज्ञा दीजिये।"

"बहुत अच्छा, लेकिन भाई से फैसला जरूर कीजियेगा। और जब वे आपका जीवन बनाने में दिलचस्पी नहीं रखते, और फिर मैं देखती हूँ कि उन्हें शराब की लत भी लगी हुई है तब इसका साफ़ मतलब यह है कि सारी पूँजी का सफाया करके आपको खमखाह संकट में डालेंगे।"

श्रीमती सक्सेना सुरेश को फाटक तक छोड़ने के लिए आयीं और बोलीं, "आपको जब कभी जरूरत महसूस हो, आप निस्संकोच मेरे पास चले आइयेगा।"

6

अब और न तड़पाओ
या हमको बुला भेजो, या आप चले आओ।

वह रात सुरेश ने बड़ी बेचैनी से काटी। उसने एकाएक अपने आपको उमा के और भी निकट महसूस किया। मानो दुनिया में उनका एक दूसरे के अतिरिक्त कोई न हो। उमा की याद उसके गले से लिपट गयी।

श्रीमती सक्सेना का विचार ठीक निकला, क्योंकि दूसरे दिन पहली डाक से उमा का पत्र आया। सुरेश को लिफ़ाफ़ा पहचानने में कोई कठिनाई न हुई। नौकर दुकान की सफाई में लगा था। उसने एक अलग कोने में बैठकर लिफाफा फाड़ा। लिखा था—

मेरे मनमोहन!

अवश्य ही आपको मेरी चिट्ठी का बहुत इन्तजार रहा होगा लेकिन दुःख है कि आपको पत्र लिखने में असमर्थ थी।

हुआ यह कि दादी की तबीयत ख़राब हो गयी। मुझे छोड़ उनका संसार में कोई न था। यहाँ तक कि मेरे चाचा को भी, जिन्होने पाल-पोसकर मुझे इतना बड़ा किया, उनसे न जाने कैसा वैर था। वे सदा यही कहते थे कि तुम्हारे दादा सारा रुपया इसने अपने मायके वालों को खिला डाला, यहाँ तक कि उन बेचारे के पास कुछ भी नहीं रह गया। इसके अतिरिक्त और बीसों प्रकार के आरोप लगाये जाते थे बेचारी दादी पर। लेकिन जहाँ तक मुझे पता है, ये सब आरोप निराधार हैं...मेरी दादी बड़े सरल स्वभाव की स्त्री थीं...परन्तु इन बातों को छोड़िये। मैं खामखाह आपको परेशान करने के लिए घरेलू झगड़ों को ले बैठी।

दादी की आयु बहुत अधिक थी। लम्बे समय से वह दमे के रोग से पीड़ित थीं। मैनें अन्तिम दिनों में जो कुछ मुझसे बन पड़ा उनकी सेवा की। लेकिन मृत्यु से कौन लड़ सकता है। जिस रात मेरी दादी का देहान्त हुआ, वास्तव में मुझे कोई असाधारण दुःख नहीं हुआ या अधिक सही शब्दों में, मैं जीवन में कभी इतनी प्रसन्न ही नहीं हुई कि किसी भी दुःख से मेरे हृदय जगत में किसी परिवर्तन का अनुभव हो। लालटेन जल रही थी। दादी कई दिनों से उखड़ी-उखड़ी साँसें ले रही थीं, जैसे वायु किसी झड़े-सूखे पेड़ की टहनियों और पत्तियों के बीच में से होकर गुजर रही हो। फिर एकदम मन्द होते-होते साँस एकाएक रुक गयी...मानो उन्हें शान्ति मिल गयी हो।

यह कोई आशा के विपरीत घटना नहीं थी...मैंने एक सफेद चादर स्वर्गीया को पाँव से सिर तक ओढ़ा दी और कमरे से बाहर निकल आयी चारों ओर नीरवता का राज्य था और रात का पिछला पहर। हमारे क्वार्टरों के निकट शान्त वृक्ष मानो मातमी लिबास पहने चुपचाप खड़े थे। पहाड़ियाँ रात के अँधेरे वातावरण में दम साधे लेटी थीं..."

मैं न जाने कब तक वहाँ खड़ी रही। ऐसा लगता था मानो समय एक जगह रुक गया है। कोई चीज़ गतिशील न दिखायी देती थी। इस उदास शून्य में धीरे-धीरे कुछ रेखायें उभरीं जिन्होंने अन्त में मिल-जुलकर आपका रूप धारण कर लिया। यदि आप मुझसे पूछें कि मुझे आपकी क्या चीज़ सबसे अधिक पसन्द है तो मैं आपको यह उत्तर दूँगी कि मुझे आपकी आँखों की गहराई और इस गहराई में सिर झुकाये हुए बैठी उदासी पसन्द है। या शायद मेरा उदास हृदय आपकी उदासी को प्यार करता है।

लेकिन कभी सोचती हूँ कि भला आप क्यों उदास होने लगे। आपको क्या दुःख हो सकता है। सम्भव है कि जो उदासी मुझे आपकी आँखों में दिखती है वह मेरी ही आँखों की उदासी की झलक हो।

यदि यही बात है तो, हे मेरी आँखों की उदासी को शरण देने वाले! मैं झुककर तेरे चरणों को चूमती हूँ। काश, आप उस रात मेरे पास होते। उस रात मुझे आपकी कितनी अधिक आवश्यकता थी। मैं आपकी छाती पर सिर रखकर आँखें मूँद लेती और कहती, अब मैं न कुछ बोलूँगी, न सुनूँगी और न सोचूँगी। अब आप मेरी जगह सुनें, बोलें और सोचें।

सुनो, मेरे मन-मन्दिर के देवता! क्या कभी ऐसा हो सकेगा जब आप मेरे होंठ चूमकर मुझे एक ओर बैठकर कहेंगे, लो मेरी रानी! अब तुम यहाँ इत्मीनान से बैठ जाओ। तुम्हारा काम केवल मुस्कराना है, तुम्हारा काम केवल फूल से गालों का चुम्बन देना है, तुम्हारा काम सिर्फ़ सब कुछ भूल जाना है।

मैं नहीं जानती कि मैं ये अच्छीं बातें लिख रही हूँ या बुरी। परन्तु जो कुछ मेरे मन में है सो लिख रही हूँ–बुरा या भला। मनुष्य के हृदय का संसार भी कितना विशाल है। वहाँ नीले आकाश हैं, चितकबरी बदलियाँ हैं, सुहावने सपने हैं, रंग-बिरंगे फूल हैं, देवताओं की प्रशस्ति में गाये जाने वाले गीत हैं, और वहीं पर अँधेरी रातें हैं, अँधेरे खड्ड

हैं, अथाह गहराईयाँ हैं, पापमयी अँधियारियाँ हैं। यह सब कुछ है इसलिए मनुष्य अपने मन में झाँकता हुआ डरता है और यदि मन के अन्दर झाँकने पर विवश हो जाता है तो फिर जबान से उसका वर्णन करने से कतराता है। परन्तु मैं किसी ग़ैर से अपने मन की बात नहीं बता रही हूँ। यदि कोई ऐसा करे भी तो ग़ैर की समझ में कहाँ आ सकता है...हृदय से केवल हृदय की बात कर सकता है, हृदय की बात को हृदय ही समझता है, हृदय के लिए हृदय ही हँसता है, हृदय के लिए हृदय ही रोता है।

ओफ! न जाने किधर को बहा ले जाती हैं मेरे हृदय की व्याकुलता।

सुनो! मेरे सपनों में मुसकराने वाले, अब आ मिलो। मैं कुछ दिन यहीं पर रहूँगी। और कोई है भी नहीं, मेरे चाचा लेने आयेंगे तो जाऊँगी। वह सरकारी नौकर हैं, इतनी जल्दी नहीं आ सकेंगे, क्योंकि उन्हें जायदाद के सम्बन्ध में कुछ प्रबन्ध करने होंगे। इसलिए—आओ, देर करना उचित नहीं।

मेरा हृदय, मेरी आँखें, मेरी आकाँक्षायें सब आपकी राह में बिछी हुई हैं।

उदास—

उमा

पत्र पढ़कर सुरेश वहीं पर स्तब्ध-सा बैठा रह गया। पिछले कुछ दिनों से परिस्थितियों ने जो करवट ली थी उसने सुरेश की दुनिया में एक क्रांति-सी मच गयी थी। वह उड़कर उमा के पास पहुँच जाना चाहता था, लेकिन यह कैसे सम्भव था—असम्भव बिलकुल असम्भव।

दिनभर वह विचित्र मानसिक उलझनों में फँसा रहा। कुछ सूझ नहीं रहा था। उसे फिर श्रीमती सक्सेना के सहारे की आवश्यकता का अनुभव हुआ।

पल-पल गिनकर दिन काटा। रात हुई तो वह दुकान बन्द करके श्रीमती सक्सेना के बँगले पहुँचा। उस समय श्री सक्सेना भी उपस्थित थे। सुरेश ने उनसे नमस्ते की तो श्रीमती सक्सेना ने कहा—"ये मेरे साथ यूनिवर्सिटी में पढ़ते थे। सिविल लाइन्स में मशहूर दुकान मॉडर्न जनरल मर्चेन्टस इन्हीं की है। मैंने कुछ चीज़ों के बारे में जानने के लिए इन्हें बुलवाया है।"

श्री सक्सेना जल्दी में थे। "गुड, वेरी गुड" कहते हुए चलते बने।

दूसरे ही दिन सुरेश के आगमन से श्रीमती सक्सेना समझ गयीं कि अवश्य कोई असाधारण बात है। सुरेश ने सारी कहानी कह सुनायी और बताया कि मेरा जाना असम्भव है।

"क्यों?"

"वही, भाई साहब टाँग अड़ायेंगे।"

"क्या वे इतना दबाव डाल सकते हैं आप पर?"

"उनका हिसाब सीधा-सादा है। वह रुपया देने से इनकार कर देंगे और फिर हफ़्तों ताने देंगे।"

यह सुन श्रीमती सक्सेना बेचैनी से इधर-उधर टहलने लगीं। सहसा रुकीं, फिर बोलीं, "अगर आपका कोई पुराना दोस्त आपको अपनी शादी पर मसूरी बुलाये तो? बहुत मजबूर करे तो…?"

सुरेश तनिक रुका, फिर बोला, "हाँ, फिर कुछ उपाय हो सकता है।"

गुड! श्रीमती सक्सेना ने मुट्ठी पर हाथ मारकर कहा, "मैं उमा को अभी पत्र लिख देती हूँ कि वह वापसी डाक से आपको फरज़ी दोस्त की तरफ़ से आपको एक जोरदार खत लिखे।"

7

जब दिले नाशाद ने फरियाद की,
आँख भर आयी मेरे सैयाद की!

दोपहर का समय था। सुरेश अपने प्रिय कोने में चुपचाप कुर्सी पर बैठा अपने भाई की ओर देख रहा था जो उस समय बहुत प्रसन्न दिख रहा था। वह चार-पाँच पैग चढ़ा चुका था और उस समय पूरी तरंग में था। नौकर से हँसी-मज़ाक हो रहा था। नौकर न जाने किस बात के जवाब में कह रहा था, "अरे साहब! उस मुटकी की बात छोड़िये, उससे तो वह एंग्लो-इंडियन लड़की अच्छी है।"

"अबे साले, एंग्लो इंडियन के बच्चे! जो बात मेम साहब में है वह तेरी एंग्लो-इंडियन में कहाँ है। क्या कचौड़ी गाल हैं! ऐसे गुलाबी कि चुटकी लेने से ख़ून निकल आये।" "पर वह मोटी जो है।"

"अबे मोटी है तो क्या, तेरे कन्धे पर रावार होगी क्या…"

सुरेश ने देखा कि भाई का मूड आज अधिक अच्छा है तो कुछ सोचकर वह कोने से उठा और काउन्टर की ओर बढ़ा।

उसे आते देख बड़े भाई ने नौकर को आँखों, उँगली और होंठो के बड़े स्पष्ट संकेत से चुप रहने की चेतावनी दी, मानो छोटे भाई के सामने इस प्रकार की बातें करना उचित नहीं, यद्यपि वे इतनी ज़ोर-ज़ोर से बातें कर रहे थे कि पूरी दुकान गूँज रही थी।

"भैया!"

जान पड़ता था कि बड़े भाई को छोटे भाई की यह विनम्रता बहुत पसन्द आयी। बुजुर्गाना ढंग से उसने अपने सिर को काठ की पुतली के समान हिलाकर कहा, "कहो, कहो।"

"भैया, बात यह है कि…"

"कहो, हाँ-हाँ…बेधड़क कहो।"

"जी, बात असल में यह है कि मेरे एक दोस्त की शादी है। उसने मुझे बुलाया है। मैंने उसे जवाब दे दिया है कि भाई साहब को दुकान में अकेले काम करना पड़ेगा। लेकिन वह बहुत जोर दे रहा है। मेरी-उसकी बड़ी दोस्ती थी। हम कई वर्ष तक साथ-साथ पढ़े हैं।"

"शादी कहाँ है?"

"मसूरी में।"

"अच्छा तो यूँ कहो कि शादी के बहाने से मसूरी की सैर करना चाहते हो⋯ हम बड़े घाघ हैं।"

"नहीं भैया मैं सच कहता हूँ।"

"सच कहता हूँ⋯लाओ देखूँ कौन-से पत्र लिखे हैं उसने?

सुरेश को इसका कोई उत्तर न सूझा। उसने झूठ-मूठ अपनी पुस्तकों के पन्ने उलटे, फिर आकर बोला, "भैया, पत्र शायद घर पर ही रह गये हैं।"

"बेटा, हम बड़े घाघ हैं⋯क्या समझें?"

"लेकिन मैं⋯"

"पहले बताओ, क्या समझे?"

"आप बड़े घाघ हैं।"

"हाँ⋯जाओ, बैठो⋯कविता पढ़ो⋯ऐसी बातें नहीं सोचा करते।"

सुरेश वापस आकर बैठ गया। उसे मन में स्वीकार करना पड़ा कि उसका भाई सचमुच बड़ा घाघ है। कितनी सरलता से उसने उसे टाल दिया।

जब डाकिया शाम को डाक लेकर आया तो सुरेश के सौभाग्य से उसके फरज़ी दोस्त का पत्र भी उसमें मौज़ूद था। वह उछल पड़ा और तुरन्त भाई के पास जाकर बोला, "देखिये भैया! आप मेरी बात पर विश्वास नहीं करते। लीजिये, यह रहा एक और पत्र।"

"अच्छा तो पढ़कर सुनाओ।"

"लिखा है–"

मेरे प्यारे दोस्त!

मैंने तुमको कई पत्र लिखे लेकिन तुमने कभी कोई उत्तर न दिया, क्या बात है? यदि किसी बात पर नाराज हो तो माफ़ करना। और फिर अब तो मौक़ा ही ऐसा है कि पिछली किसी भूल के लिए तुम्हारा नाराज़ होना उचित नहीं क्योंकि अब तो तुमको भाभी देखने को मिलेगी।

भई देखो, टालमटोल से काम नहीं चलेगा। जैसे भी बन पड़े तुरन्त आओ। पिता जी और माता जी भी तुमको याद करते हैं। यदि तुम न आये तो हम सब को बड़ा दुःख होगा।

हो सके तो अपने बड़े भाई साहब को भी लेते आना। उनसे मेरा नमस्कार कहना और यह पत्र दिखा देना।

देखो एक बार फिर लिखता हूँ कि अवश्य आओ और शीघ्र आओ।

तुम्हारा—
नरेन्द्र''

भैया अपने बारे में सुन प्रसन्न हुए और फिर माथे पर गम्भीरता से बल डालकर बोले, ''अच्छा, तो मुझे भी बुलाया है?''

सुरेश के पाँव तले से धरती खिसकने लगी। तनिक रुककर फिर भाई ने कहा, ''नहीं, मेरा जाना असम्भव है। तुम उनसे हमारी ओर से हाथ जोड़कर क्षमा माँग लेना।''

सुरेश ने प्रसन्न होकर कहा, ''बहुत अच्छा। तो आज रात की गाड़ी से चल दूँ क्या?''

सुरेश सोच रहा था कि जल्दी से जल्दी चल दे तो अच्छा है, कहीं उसका भाई फिर न पलट जाये।

''आज नहीं...बारात कब जायेगी?''

सुरेश ने कुछ सोचकर कहा, ''नरसों।''

''नरसों?...तो ठीक है, कल चलोगे तो एक दिन पहले पहुँच जाओगे।''

''ठीक है, जो आपकी आज्ञा।'' सुरेश ने भोले बने रहने में ही कुशल समझी।

रात को वह फिर श्रीमती सक्सेना को सब हाल बताने गया।

दूसरे दिन उसने तैयारी शुरू कर दी। भाई ने पूछा, ''तो क्या ज़रूर जाओगे?''

''हाँ, भैया! अब तो आपकी आज्ञा मिल जाने पर मैंने उसको पत्र भी लिख दिया है।''

इस पर भाई चुप ही रहा। परन्तु जब तक गाड़ी में सवार न हो लिया, सुरेश ने इतमीनान की साँस नहीं ली।

सवेरे उसने अपने आपको हरिद्वार में पाया। गाड़ी चलने में काफ़ी देर थी। धीरे-धीरे अँधेरा छँट रहा था और फिर सर्योदय पर सारा आकाश जगमगा उठा। वहाँ की अपेक्षाकृत ठण्डी हवा ने उसके दिमाग़ पर सुखद प्रभाव डाला और उसे ऐसा अनुभव हुआ मानो वह किसी नयी दुनिया में आ निकला हो।

देहरादून टर्मिनस से वह मसूरी की बिलकुल जड़ में स्थित राजपुर कस्बे में जा उतरा। वहाँ कुली से सामान उठवाकर वह पैदल आगे चल दिया।

जैसे-जैसे वह ऊपर चढ़ता जा रहा था, उसकी तबीयत में अजीब प्रकार की ताज़गी और स्फूर्ति उत्पन्न होती जा रही थी। वह कुछ-कुछ देर के बाद पीछे घूमकर देखता तो उसे ऐसा अनुभव होता मानो वह जीवन की सारी मैल पीछे छोड़ता जा रहा है। उसकी इच्छा होने लगी कि क़ाश अब वह यहीं रह जाये। उसे वापस न जाना पड़े।

धीरे-धीरे चलता हुआ वह दो बजे के लगभग मसूरी में लँढोर बाजार तक जा पहुँचा। वहाँ वह धर्मशाला में ठहर गया। संयोग से उसे एक छोटा सा कमरा भी मिल गया।

यद्यपि उमा से मिलने के लिए उसका मन बुरी तरह व्याकुल हो रहा था, परन्तु उसने सोचा कि दिन डूबे उमा के पास जाना शायद उचित न हो, इसलिए अच्छा यही है कि रात में आराम करके दूसरे दिन सबेरे "शेव" स्नान आदि के बाद इतमीनान से वहाँ जाये।

उसने सोचा कि जल्दी में वह उमा के लिए कोई उपहार नहीं ला सका। अब वह भी खरीदना होगा।

शाम को बाज़ार गया तो मामूली-सी मोतियों की माला खरीद ली।

उसने बाज़ार में घूमते-घूमते एक व्यक्ति से पूछा कि कैमल्स बैंक रोड किधर है तो उसने बड़े सरल और आकर्षक ढंग से बाज़ू उठाया और हाथ के इशारे से बताया कि वह सड़क वहाँ से बहुत दूर है।

उसके हाथ के इशारे का पीछा करती हुई सुरेश की नज़रें पहाड़ों की ढलानों में खोकर रह गयी। उसे ऐसा अनुभव हुआ मानो उमा कोई परी हो जो पहाड़ों की सुन्दरता में खो अपने प्रेमी के आने की प्रतीक्षा कर रही हो।

8

तुम मेरे, दुनिया मेरी, उकबा मेरी
अब कमी मुझको भला किस बात की!

उस रात की नींद व्याकुलता से भरी किन्तु प्रियतमा के निकट पहुँच जाने की प्रसन्नता से पूर्ण नींद थी।

सूर्य का प्रकाश फैलने से बहुत पहले ही सुरेश की आँख खुल गयीं और वह कमरे से बाहर के अपरिचित वातावरण की अपरिचित आवाजें सुनने लगा। यह दुनिया उसकी दुनिया से कितनी भिन्न थी···लेटे-लेटे उसने उमा से प्रथम मिलन की कई ढंगों से कल्पना की। हर कल्पना अपनी जगह सुहावनी और अनोखी थी।···वह आनन्द तथा उल्लास की रूपहली नींद में हौले-हौले बहता रहा···यहाँ तक कि बाहर की आवाज़ों से पता चला कि सुबह हो गयी है।

नहा-धोकर उसने नाश्ता किया। घड़ी के फीते को सावधानी से बाँधा, पतलून की "क्रीज" को जाँचा और फिर सस्ते सफेद मोतियों की माला भीतर की जेब में रख, बगल में पहाड़ी लकड़ी की सुबुक-सी छड़ी दबा वह प्रियतम के घर की ओर चल पड़ा।

लँढोर बाजार ख़तम होने के बाद वह दाहिने हाथ को पर्वत श्रेणियाँ दिखायी देने लगीं। खड्डों की गहराइयों में धुन्ध छायी हुई थी लेकिन आकाश बिलकुल स्वच्छ था। धूप तथा पहाड़ों की परछाइयाँ बड़ा सुन्दर दृश्य प्रस्तुत कर रही थीं।

उतराई पर वह हल्की-फुलकी गेंद की भाँति लुढ़कता हुआ-सा चला गया। कुलड़ी बाज़ार में से होकर रिंक थियेटर की बगल से होता हुआ वह कैमल्स बैंक रोड पर पहुँचा। वहाँ उसने एक पढ़े-लिखे आदमी से पूछा, "क्या आप बता सकते हैं कि न्यूलैंड कहाँ पर है?"

"कह नहीं सकता।" उस शिक्षित व्यक्ति ने कहा, मेरे विचार में यहाँ पास में ही है। अभी तो यह सड़क शुरू हुई है। आगे बढ़ते जाइये, सड़क बहुत लम्बी है..."

सुरेश ने मन में कहा—आख़िर यह सड़क कितनी लम्बी हो सकती है। यदि उसे उमा से मिलने के लिए संसार के दूसरे कोने तक भी चलकर जाना पड़े तो वह जा सकता है।

यहाँ का वायुमण्डल अधिक शीतल तथा शान्त था। यह तो देवी-देवताओं का निवासस्थान प्रतीत होता था।

चलते-चलते पौन घण्टा बीत गया। अब तो उसे महसूस होने लगा कि न उसके पीछे कोई दुनिया रह गयी है और न आगे उसकी जानी-पहचानी दुनिया आयेगी। इस प्रकार अपने विचारों में लीन वह धीरे-धीरे चला जा रहा था कि घने वृक्षों के नीचे उसे लकड़ी का एक पुराना तख़्ता दिखायी पड़ा जिस पर लिखे अक्षर फीके पड़ गये थे किन्तु उसे पढ़ने में कोई कठिनाई नहीं हुई।

न्यूलैंड!

अर्थात् नई दुनिया!

एक चौड़ा कच्चा रास्ता पक्की सड़क से फटकर नीचे की ओर ऊँचे और घने वृक्षों को चीरता हुआ चला गया था। उसने पक्की सड़क की पथरीली सतह से हटकर जब कच्चे रास्ते की नर्म धरती पर पाँव रखा तो उसे ऐसा आभास हुआ मानो उसने किसी कोमल हृदय पर पाँव धर दिया हो।

उसकी चाल मन्द किन्तु हृदय की धड़कन तीव्र हो उठी।

आगे बायें-दायें अच्छे-ख़ासे बड़े घर थे जिन्हें क्वार्टर तो नहीं कहा जा सकता था। बड़े मकानों की इस श्रेणी से गुजरकर जब वह आगे पहुँचा तो देखा कि और आगे नीचे की ओर ईंटों की बनी हुई एक दो-मंजिला इमारत खड़ी है। उसके मन ने गवाही दी कि अवश्य ही यह वे क्वार्टर हैं।

अब एक बल खाती हुई पगडंडी ने चौड़े मार्ग का स्थान ले लिया था। वह सम्हल-सम्हलकर और आगे बढ़ा। यहाँ तक कि इमारत की ऊपर वाली मंजिल के बराबर पहुँचकर वह उसके सँकरे बरामदे में घुस गया। एक-दो दरवाज़ों के नम्बर पढ़ने पर उसने महसूस किया कि 14 नं. निचले बरामदे में होगा।

लौटकर वह पगडंडी से नीचे उतरा।

वहाँ उसे इक्का-दुक्का सफेदपोश बाबू दिखायी पड़े। कुछ गृहस्थ स्त्रियाँ बाहर बैठी बर्तन माँज या कपड़े धो रही थीं।

सँकरे बरामदे से होता हुआ, वह कमरों के नम्बर देखता आख़िर तक जा पहुँचा। आख़िरी कमरे का नम्बर 14 था।

दरवाज़ा बन्द था।

सुरेश के पाँव जैसे जमीन में गड़ गये हों और हाथ-पाँव शिथिल पड़ गये हों। उसने दबी नज़रों से इधर-उधर देखा, लेकिन कोई उसे ख़ास तौर से नहीं देख रहा था।

आख़िर साहस से काम लेकर उसने दरवाज़ा खटखटाया।

कोई उत्तर न मिला।

उसने फिर द्वार खटखटाया।

कुछ देर के बाद भीतर से महीन स्वर सुनायी पड़ा, कौन?

"मैं।" और फिर उसने खाँसकर गला साफ़ किया।

इसके बाद फिर खामोशी छा गयी जो उसे बहुत लम्बी प्रतीत हुई। एक बात तो उसके मन में आया कि उलटे पाँव लौट जाये।

इतने में भीतर से चटकनी सटकी और उसका हृदय मानो गले में आ गया।

दरवाज़ा खुला—सामने उमा खड़ी थी।

दोनों के मुँह पर चुप्पी लगी थी। फिर उमा ने दरवाज़ा और अधिक खोल दिया और वह भीतर चला गया।

बहुत छोटा-सा कमरा था। मुश्किल से दस वर्ग फीट। एक ओर एक पलंग, दूसरी ओर कार्निस पर कुछ चमकते बर्तन। एक छोटा फूलों का फूलदान। दो-तीन बहुत पुराने ट्रंक ऊपर-तले रखे हुए, और लट्ठे का झालरदार मेजपोश। एक कोने में पानी की मोरी। पिछली ओर को खुलती हुई एक खिड़की।

सुरेश को वहाँ पहुँचकर बड़ा विचित्र-सा अनुभव हुआ। वह उमा की झुकी-झुकी आँखों की ओर अधिक देर तक नहीं देख सका बल्कि वह जान-बूझकर इधर-उधर की चीज़ें देखने में लगा था और उसकी समझ में भी नहीं आ रहा था कि उसे क्या कहना और क्या करना चाहिये।

भागने का भी कोई मार्ग न पाकर वह खिड़की की ओर गया। खिड़की खुली थी किन्तु उसके आगे बड़े-बड़े पत्थरों का बाँध था जो ऊपर की मंजिल तक चला गया था। झाँककर देखने से आकाश दिखायी पड़ता था और बाँध के ऊपर कुछ-कुछ दूर पर रंगीन तितलियों की भाँति कुछ कोमल फूल लहलहा रहे थे। गाँठदार लम्बी हरी घास बाँध के काई लगे पत्थरों से नीचे लटक रही थी।

वह जानता था कि उमा पलंग के पाये से टेक लगाये खड़ी है। उसने मौन भंग करने के लिए धीरे से कहा, "यह अच्छी जगह है। शान्त वृक्ष, नीरव वायुमण्डल..."

...और फिर उसे अपनी पीठ पर किसी कोमल चीज के स्पर्श का आभास हुआ। उसने धीरे-धीरे शरीर को घुमाया और उमा के सामने खड़ा हो गया।

उमा की पलकें उठीं। उसकी आँखें क्षणभर के लिए तेज़ कटार की तरह चमक गयी और फिर उसने आँखें मूँद लीं और सिर उसकी छाती पर रखकर बड़ी कमजोर, मन्द किन्तु मधुर आवाज में कहा, "आप आ गये?"

वर्षों से वह दूर से उमा को देखता रहा था लेकिन कई महीनों के अन्तर के बाद आज उसकी शक्ल दिखायी दी तो कितने करीब से।

बाहर ठण्डी हवा साँय-साँय करती हुई चल रही थी।

सुरेश ने उमा की दूधिया माँग में से फव्वारे की भाँति निकलते हुए उसके घने केशों की घटाओं को देखा। उसकी पतली खिंची हुई भवों के नीचे उसके सीप के-से पपोटे और पपोटों के नीचे उसके पीलाहट लिये हुए गेहुँये गालों के उभार और उभारों के नीचे उसके तराशे होंठ—जो उस समय अधखुले थे।

"उमा! यह आवाज उन दोनों के कानों को भली लगी, "उमा! क्या अभी तुम्हें मेरे आने का विश्वास नहीं हुआ?"

जवाब में उमा और भी सटकर उसके साथ लग गयी। सुरेश ने एकदम उसके होठों पर होंठ रख दिये जो उसे बर्फ की तरह ठण्डे महसूस हुए।

9

नींद उसकी है, दिमाग़ उसका है, रातें उसकी हैं
तेरी ज़ुल्फें जिसके बाज़ू पर परीशां हो गयीं!

पहली मुलाक़ात के बाद दूसरे दिन शाम का यह प्रोग्राम बना कि किसी रेस्तराँ में चाय पी जाये।

मसूरी में सुरेश की दूसरी सुबह उसके जीवन में शायद सबसे सुखद सुबह थी। प्यार का एक सफल दिन बीत चुका था और प्यार भरी बाक़ी जिन्दगी उसकी स्वप्निल दृष्टि के सामने थी।

बिस्तर से उठकर वह धर्मशाला के आँगन के फ़ौलादी जंगले पर कोहनियाँ टेककर खड़ा हो गया। सामने हरे-भरे पहाड़ों की श्रेणी दूर तक चली गयी थी। वह एक स्वप्न की दुनिया दिखायी देती थी।

कल की मुलाक़ात का जो आनन्द उसे इस समय आ रहा था वह मुलाकात के समय भी महसूस न हुआ था। शायद इसलिए कि उस समय भावनाओं की इतनी प्रबलता थी कि उसका मस्तिष्क उनका साथ न दे सका। लेकिन आज उसे एक-एक बात याद आ रही थी और वह बीती हुई मुलाक़ात के एक-एक क्षण से लिपट-लिपट गया…यहाँ तक कि सूरज ख़ूब चढ़ आया, तब उसने नहाने की ठानी।

सारा दिन काटना कठिन हो गया। आख़िर जब दो बज गये तब उसने तैयारी आरम्भ कर दी।

प्रियतमा से मिलने की तैयारी से अधिक आनन्दप्रद दूसरा काम क्या हो सकता है।

लगभग चार बजे वह कुलड़ी में रिंक के निकट जा पहुँचा। यहीं पर मिलने का प्रोग्राम बनाया गया था। वह निश्चित समय से कुछ मिनट पहले ही पहुँच गया था लेकिन ठीक चार बजे उमा की सूरत दिखायी दी। वह सादे लिबास में भी गजब की सुन्दर दिख रही थी। सुरेश ने बढ़कर उमा का स्वागत किया और उसकी उँगलियों ने नरमी से चोली के नीचे उमा की कमर की त्वचा को छुआ तो दोनों के शरीर काँप गये।

उस भरे बाज़ार में उनको जानने वाला कोई नहीं था। लोगों की नज़र में उनकी हैसियत अधिक से अधिक एक युगल की-सी थी जिनकी उँगलियाँ कभी बेताब हो ही जाती हैं।

एक-दूसरे को देखकर दोनों निहाल हो गये और कन्धे से कन्धा भिड़ाये, हाथ में हाथ दिये कुलड़ी की चढ़ायी चढ़ने लगे।

"कहिये, कल शाम कैसी बीती?" उमा ने मुसकराकर पूछा।

"आपकी याद में।" जवाब मिला। इस पर उमा लजाकर लचक गयी और वह सुरेश के साथ और सटकर चलने लगी।

"अच्छा तो आपसे पड़ोस वाले मेरे बारे में पूछते होंगे?"

"जी, ख़ास तौर से तो किसी ने नहीं पूछा।"

"क्यों?"

"मैंने पहले ही बता दिया था कि मेरे मामा के लड़के मसूरी आने वाले हैं। मुझसे भी मिलने के लिए आयेंगे।"

"अच्छा...ख़ूब! तो इसका अर्थ है कि आपने मैदान पहले ही साफ़ कर रखा था।"

"जी।" उमा फिर शरमा गयी।

"अच्छा, तो यह बताइये कि चाय कहाँ पर पी जाये?"

"जहाँ आपका जी चाहे।"

"मेरा जी चाहता है कि ऐसी जगह हो जहाँ खुले पहाड़ों का दृश्य भी सामने रहे और हम दोनों अलग-अलग बैठ भी सकें। जहाँ कोई खामखाह घूर-घूरकर न देखे...और यह तो आप जानती ही हैं कि मेरे लिए यह जगह बिलकुल नयी है।"

"जी समझ गयी... तो रूबी चलते हैं। वह बड़ा महँगा रेस्तराँ है, इसलिए यूरोपियन या मालदार हिन्दुस्तानी ही वहाँ जाते हैं। लेकिन इतना लाभ है कि आप जो कुछ चाहते हैं, वहाँ मिल जायेगा।"

"बहुत अच्छा, मुझे मंजूर है। कहिये तो रिक्शा कर लें?"

"जी नहीं, अब दूर नहीं है। अगले ही मोड़ पर तो है।"

"गुड!"

उस समय कुलड़ी में ख़ूब चहल-पहल हो रही थी। अंग्रेज और हिन्दुस्तानी प्रतिष्ठित महिलाओं के रंग-बिरंगे वस्त्रों ने जंगल में मंगल का समाँ बाँध रखा था।

"रूबी" रेस्तराँ का एक बाज़ू पहाड़ों की ओर बढ़ा हुआ था। वहाँ सुरेश को सचमुच एक मनचाहा कोना मिल गया।

चाय का आर्डर देकर उसने उमा के कलाई से नर्म हाथ अपने हाथों में ले लिये और उसकी आँखों में आँखें डालकर बोला, "जानती हैं आप?"

"क्या?" उमा ने आँखें झुकाकर पूछा।

"मैं कितना ख़ुश हूँ।"

इस पर उमा ने होंठ दाँतों के नीचे दबाकर धीरे-धीरे उसे दाँतों की गिरफ्त से निकालना शुरू किया। उसने जमीन पर गयी हुई नज़रों को उठाकर क्षणभर को एक तेज निगाह अपने प्रीतम पर डाली और फिर उसका सौंदर्य और भी आकर्षक हो उठा।

"उमा! मेरा जीवन दो हिस्सों में बँट गया है। जानती हैं वे कौन-से हिस्से हैं?"

उमा ने खामोशी से सिर हिलाकर इनकार किया।

सुरेश ने प्यार भरे स्वर में कहा, "मेरा जीवन दो हिस्सों में बँट गया है। एक उमा के आने से पहले, दूसरा उमा के आने के बाद।"

इस पर उमा के भावुक चेहरे पर विचित्र प्रकार की भावनाओं की इतनी परछाइयाँ आयीं और चली गयीं कि उनकी न तो गणना हो सकती थी और न उनका विश्लेषण हो सकता था।

सुरेश ने आगे झुककर पूछा, "लेकिन उमा, क्या आपका जीवन भी मेरी तरह दो हिस्सों में बँट गया है?"

उमा ने आँखें झुकाये-झुकाये सिर हिलाकर इनकार किया और फिर तनिक रुककर बोली, "आपसे मिलने से पहले मैंने कभी यह महसूस ही नहीं किया कि मैं भी जीवित हूँ।"

"शरीर! आपने पहले तो मुझे डरा ही दिया था।"

इतने में चाय आ गयी।

वे धीरे-धीरे चाय पीते रहे और प्रेम के रस और रंग में डूबी हुई बातें करते रहें। यहाँ तक कि रात का अन्धकार वायुमण्डल पर छाने लगा। तारे झिलमिलाने लगे। बातचीत के दौरान सुरेश उमा के बहुत निकट आ गया। यहाँ तक कि उमा के बाल उसके चेहरे को छूने लगे।

उमा ने इधर-उधर निगाह दौड़ाकर कहा, "कोई देख लेगा।"

"लेकिन यह गुस्ताख़ी मैं नहीं कर रहा हूँ। इसका जिम्मेदार मेरा दिल है।"

"यहाँ नहीं।"

इस पर सुरेश ने उसकी आँखों में आँखें डालकर देखा। नज़रें मिलते ही वह शरमा गयी और फिर आँखें झुकाकर अपने कपड़ों की सिलवटें दूर करने लगी।

चाय का बिल चुकाकर वे दोनों बाहर निकले तो उमा ने कहा, "आइये, इस सड़क से होकर चलें। रास्ते में एक कच्ची पगडंडी इसमें से निकलकर नीचे को जाती है। नीचे कुछ हरे-भरे खेत हैं। वह बड़ा सुन्दर और शान्त स्थान है। हमारे क्वार्टर भी वहाँ से पास ही हैं। कुछ देर वहाँ बैठेंगे, फिर मैं चली जाऊँगी और आप पगडंडी से लौट आइयेगा।"

सुरेश ने उमा का हाथ दबाते हुए उत्तर दिया, "मंज़ूर।"

रात के वक़्त समाँ और सुहावना हो गया। लगभग एक मील तक वे बातें करते चले गये। फिर उमा रुक गयी।

"क्यों?"

"यही है वह पगडण्डी।"

"गुड...तो आइये, चलें।"

"आप चलिये, मैं आती हूँ।"

"यानी आप मेरे साथ नहीं चलेंगी?"

यह कहकर उसने उमा का हाथ खींचा।

उमा ने अपनी कोमल उँगली से सड़क के किनारे एक छोटी-सी कोठरी की ओर इशारा किया जिसके बाहर लिखा था—"केवल महिलाओं के लिए।"

"ओह, यह बात है।" वह हँस पड़ा।

इस पर उमा को इतनी हँसी आयी कि उसने रूमाल मुँह से ठूँस लिया।

सुरेश पगडण्डी से नीचे उतरकर एक खेत के किनारे ऊँची मेड़ पर बैठ गया। वास्तव में वह बहुत सुन्दर और सुहावना स्थान था।

इतने में उमा पगडण्डी पर मन्द गति से दौड़ती हुई आती दिखायी पड़ी। पल्ला हवा में उड़ रहा था। वह ऐसी दिख रही थी मानो कोई अप्सरा हो जो आकाश से उतर रही हो। आते ही वह बेदम होकर उसकी गोद में गिर पड़ी।

10

दम लिया था न क़यामत ने हनोज़
कि फिर तेरा वक़्ते-सफ़र याद आया।

मसूरी में रहते हुए सुरेश को पाँचवाँ दिन था। आज उसे वापस जाना था। इस विचार से उसका मन भारी हो रहा था। लेकिन वापस जाये बिना कोई उपाय नहीं था। उसका एक कारण तो यह था कि वह अपने बड़े भाई से अधिक दिनों की आज्ञा लेकर नहीं आया था, और दूसरे अब उमा के चाचा भी वहाँ आने ही वाले थे।

उमा से मुलाक़ात अधिकतर शाम के समय कुलड़ी में हुआ करती थी जिससे कि पड़ोसियों को खामखाह सन्देह न हो। हाँ, एक शाम को वह अवश्य क्वार्टर में चला गया था। रात के ग्यारह बजे तक उन दोनों में बातचीत होती रही। आज आख़िरी दिन के बारे में उमा ने राय दी कि पैदल जाने के बजाय वह शाम को बस पर जाये जिससे कि वे सारा दिन अधिक से अधिक समय एक साथ बिता सकें। उसे ग्यारह बजे तक "सनीव्यू" बस के अड्डे पर पहुँचना था। वहाँ सामान बुक कराके दोनों सैर करेंगे, खाना खायेंगे और फिर शाम को आख़िरी बस में वह सवार हो जायेगा।

एक बक्स और एक बिस्तर के अतिरिक्त उसके पास कोई सामान नहीं था जो उसने सवेरे ही तैयार कर लिया था। अभी उसके जाने में काफ़ी समय बाक़ी था। वह कमरे से बाहर निकलकर आँगन में टहलने लगा। उसका मन उदास था। पिछले चार दिन जिस आनन्द के साथ बीते थे, उसका मज़ा अब किरकिरा हो रहा था।

आँगन में स्त्रियाँ एक ओर नहा रही थीं या कपड़े धो रही थीं। कुछ नींद के रसिया अभी सोकर उठे थे और मुँह में दातून ठूँसे चबूतरे पर बैठे थे। जंगले के पास खड़े-खड़े एक बाबू से यूँ ही बातचीत शुरू हो गयी। वह गढ़वाल का रहने वाला था, मसूरी मे किसी दफ़्तर में क्लर्क था। उससे बातचीत करना सुरेश को अजीब लग रहा था। उसकी बोलचाल का लहजा बिलकुल अलग, उसकी भाषा भिन्न और भाव-भंगिमा सर्वथा अपरिचित। सुरेश को क्षणभर के लिए फिर ऐसा अनुभव हुआ, मानो वह एक अलग दुनिया में पहुँच गया है। लेकिन वापसी का ख़याल, अपनी दुकान और भाई के क्रूर रूप की कल्पना से उसकी आत्मा पर काले-बादल छाने लगे।

बातों-बातों में उस व्यक्ति ने पूछा, "क्यों जी, आपका मेम साहब कहाँ रहता है?"

"मेम साहब?" सुरेश ने आश्चर्य से पूछा।

"जी आप रोज शाम को उसके साथ कुलड़ी में घूमता, रात को अकेले यहाँ आ जाता।"

"ओह!" अब सुरेश को कोई बात सूझ नहीं रही थी। "आपका मतलब है हमारा मेम साहब..."

सीदे-साधे पहाड़ी बाबू ने हँसते हुए पूछा, "क्या खचपच हो गया है?"

"हाँ।" सुरेश ने ज़ोर से सिर हिलाकर उत्तर दिया, "जी हाँ खचपच हो गया कुछ। वह गुस्सा होकर अपनी माँ के साथ यहाँ चला आया।"

"...और आप भी पीछे-पीछे हियाँ आ गया। ओहो, बहुत मज़ा आया।" वह ताली बजाकर हँसा।

"अरे भाई साहब, भगवान से प्रार्थना करो, हमें हमारा मेम साहब मिल जाये।"

पहाड़ी बाबू ने दोनों हाथ उठाकर कहा, "हम प्रार्थन किया, पर बाबू, वह तो आपको बहुत प्रेम करता दिखता..."

"हाँ-हाँ वह बहुत प्रेम करता है..."

सुरेश ने सिगरेट पेश की तो पहाड़ी बाबू बहुत प्रसन्न हुआ।

फिर सुरेश कमरे में आकर चारपाई पर लेट गया। पहाड़ी बाबू की बातचीत का उसके मन पर सुखद प्रभाव पड़ा था। इस विचार से कि वे दोनों साथ चलते पति-पत्नी लगते हैं, उसे बड़ी प्रसन्नता हुई। उसके दिमाग़ में पहले दिन की याद ताजा हो गयी, जब साढ़े ग्यारह बजे के करीब वह विदा होने लगा तब उमा ने कहा, "अब आपको भोजन कराये बिना नहीं जाने दूँगी।"

"नहीं-नहीं...अब भोजन बनाने का कष्ट न कीजिये। मैं रास्ते में किसी होटल में भोजन कर लूँगा।"

इस पर उमा ने दोनों हाथ उसके कन्धे पर रख दिये और उसकी आँखों में यूँ आँखें डाली कि वह चारपाई से उठ ही न सका और बोला, "देखिये, आपकी आँखें तो पहले ही क़यामत ढा रही हैं। अब इस तरह घूरकर मत देखिये मुझे..."

सुरेश की यह बात सुनकर उमा ने लजाकर मुँह छिपा लिया—फिर उसने अपनी नर्म-नर्म उँगलियों से आलुओं के बहुत छोटे-छोटे टुकड़े काटने आरम्भ किये जिन्हें देखकर सुरेश को आश्चर्य हुआ तो उमा बोली, "ये टुकड़े बहुत जल्दी गल जायेंगे। अभी पन्द्रह मिनट के अन्दर-अन्दर आपको भोजन परोस दूँगी।"

इसके बाद उसने फ़ुर्ती से स्टोव जलाया, प्याज काटे और कड़ाही में घी डालकर सब्जी भूनी और थोड़ा पानी डाल दिया। इधर दस मिनट के लिए उसने आलुओं को पकने दिया और उधर आटा गूँध डाला। सचमुच पन्द्रह मिनट के अन्दर-अन्दर सुरेश के सामने भोजन की थाली आ गयी। सुरेश को जितना मज़ा उस दिन के भोजन में आया, पहले जिन्दगी भर में कभी न आया था। उस दिन उसे ऐसा अनुभव हुआ मानो उमा से उसका विवाह हो चुका हो। वह दफ़्तर जाने को हो और उसकी पत्नी उमा उसके लिए बैठी भोजन बना रही हो—वह जल्द से जल्द उस दिन को निकट लाना चाहता था।

सहसा उसने घड़ी की ओर देखा। समय हो चुका था। बिस्तर बँधा रखा था। ट्रंक में ताला लगाकर उसने कुली को आवाज़ दी।

सनी-व्यू पहुँचा तो वहाँ उमा पहले से खड़ी थी।

"माफ कीजिये मुझे जरा देर हो गयी।"

"कोई हर्ज़ नहीं, आप देर से नहीं आये, मैं ही वक़्त से पहले पहुँच गयी थी।"

"वक़्त से पहले—क्यों?"

"कारण किसी दिलवाले से पूछिये।"

सुरेश झेंप गया।

सबसे पहले सामान बुक करा दिया गया। उमा ने कहा, "लीजिये, छुट्टी हुई। सामान तो सभी चला जायेगा। अब रह गये आप..."

"हाँ, तो हमें कब भेजियेगा?"

उमा ने अपने सीने पर हाथ रखकर कहा, "हाय, कभी नहीं–कभी नहीं।"

"थैंक्स। आइये, पहले एक कप चाय पीकर ताजादम हो जायें। खाने में अभी वक़्त है। ओ. के.?"

उमा ने अपना हाथ उसके हाथ में देते हुए कहा–"ओ. के.।"

चाय के स्टाल पर खड़े होकर उन्होंने चाय पी और गरी के कुछ बिस्कुट खाये।

चाय के बाद उन्होंने सचमुच अपने अन्दर ताज़गी का अनुभव किया और हाथ में हाथ दिये किताबघर की ओर चल दिये क्योंकि खाना खाने का वहीं पर प्रोग्राम था।

रास्ते भर बातें करते रहे। किताबघर तक की चढ़ायी की कठिनाई को उन्होंने तनिक भी महसूस नहीं किया।

खाना खाने के बाद फिर बातें चलती रहीं।

वापस सनी-व्यू पहुँचे तो विदाई की घड़ी निकट आने का अनुभव करके दोनों चुप हो गये।

सुरेश काफ़ी देर तक चुपचाप उमा की ओर देखता रहा। फिर बोला, "उमा! पहले आप वह ज़्वाला थीं, जिसके भड़कते हुए शोलों में मैं अपने आपको भस्म कर डालना चाहता था, लेकिन अब आप वह आग हैं जो मेरे शरीर की नस-नस में दौड़ रही है–अब मेरे प्रति जो आपका कर्त्तव्य है, और आपके प्रति जो मेरा कर्त्तव्य है उसे हमें पहचान लेना चाहिए।"

उमा ने उसकी ओर स्वप्निल दृष्टि से देखते हुए उत्तर दिया, "कुछ पहचानने की जरूरत नहीं। मुहब्बत अपना रास्ता स्वयं बनाती है।"

बस तैयार खड़ी थी।

सुरेश ने कहा, "थक गयी होंगी। वापसी पर रिक्शा में जाइयेगा।"

"अच्छा।"

"नहीं–कहीं आप पैदल न चली जायें।" उसने तुरन्त रिक्शा बुलाया और पेशगी किराया देकर कुली से कहा, "देखो इन मेम साहब को आराम से पहुँचा देना।"

"मेम साहब" शब्द सुनकर उमा के होठों पर मुसकुराहट खेलने लगी और आँखों में आँसू उमड़ आये।

बस चली तो पहले मोड़ तक दोनों की नज़रों पर तार बँधा रहा। फिर उस अभागे मोड़ ने दोनों को एक-दूसरे की नज़र से नोंचकर अलग कर डाला।

11

जाने क्या सोचता हूँ, रुक-रुककर
हर कदम पर सवाल-सा कुछ है।

सन्ध्या का समय था। श्री सक्सेना और उनकी पत्नी बाहर लॉन में बैठे थे। चाय आयी तो श्री सक्सेना ने जल्दी से एक प्याला चाय पीकर रूमाल से होंठ साफ़ करते हुए कहा, "लो डार्लिंग! माफ़ करना, तुम्हारे साथ बैठकर चाय नहीं पी सका—आज जल्दी क्लब पहुँचना है।"

"क्या है वहाँ पर?"

"आज फाइनल रिहर्सल है।"

"इतवार को भी आप सारा दिन उसी तरह व्यस्त रहे। न ढंग से खाना खाया, न चाय पी।"

"डार्लिंग यह भी गनीमत समझो कि हम साथ-साथ मैटिनी देख आये।"

श्री सक्सेना कुछ भद्‌देपन के साथ मोटे अवश्य थे लेकिन उनका व्यक्तित्व आकर्षक था। वैसे भी काफ़ी फुर्तीले थे। तुरन्त उठे और क्लब को रवाना हो गये।

श्रीमती सक्सेना अकेली रह गयीं।

चायदानी टीकोजी से ढंकी रखी थी और श्रीमती सक्सेना अपने विचारों में डूबी हाथ रखे बैठी थीं। इतने में आवाज आयी, "नमस्ते जी।"

उन्होंने घूमकर देखा तो सुरेश को खड़े पाया। मुसकराकर बोलीं, "नमस्ते, नमस्ते! आइये, बैठिये।"

"कहिये, आज किन विचारों में खोयी हुई हैं?"

"कुछ नहीं, अभी-अभी वह क्लब गये हैं। मैं अकेली बैठी थी इसलिए चुप थी। और फिर मेरी यह आदत है कि अगर कोई साथी न हो तो चाय पीने में कुछ मजा नहीं आता।"

"इसका मतलब है कि मैं बहुत अच्छे मौक़े पर पहुँचा हूँ।"

"बेशक़, बेशक़। जब से आप मसूरी से आये हैं, आपसे मुलाक़ात ही नहीं हुई। दूकान पर आपके भाई साहब के सामने तो कोई बात हो भी नहीं सकती।"

"ठीक है। लेकिन मैं एक रात दूकान बन्द करने के बाद आपके यहाँ आया था, तब आप घर पर थीं नहीं। नौकर ने बताया कि शायद सिनेमा देखने गयी हैं।"

"कब की बात है? मैं तो प्रायः घर पर ही रहती हूँ।"

सुरेश ने कुछ सोचकर बताया, "चार-पाँच दिन पहले की बात है।"

श्रीमती सक्सेना ने दिमाग़ पर जोर डालकर कहा, "हो सकता है—हमारे कुछ मेहमान आये हुए थे, उन्हीं के साथ चली गयी थी। ख़ैर, अब मसूरी की कहिये, कैसी बीती?"

"ख़ूब बीती।"

श्रीमती सक्सेना ने तनिक ध्यान से उसकी ओर देखा, मानो उसके मन का भेद जानने का प्रयास कर रही हों। फिर बोलीं, "अरे भई, जरा खुलकर बोलिये। बस, चाय पीने का मजा आ जाय।"

सुरेश ने मुसकराकर सिर कुर्सी के तकिये से टेक दिया, "अब आप क्या पूछती हैं। आप कोई सवाल कीजिये तो मैं जवाब दूँ।"

"अच्छा तो यह बात है। आपसे जिरह की जाये।"

"मैं हर तरह से हाज़िर हूँ।"

"वह कैसे मिली?"

"बहुत अच्छी तरह से मिली।"

"गले लगकर?"

"लगभग।"

"लगभग से क्या मतलब?"

"यह बात कैसे समझाऊँ?"

"क्यों, ख़ैरियत तो है?"

"आप तो सचमुच जिरह कर रही हैं।"

"लेकिन आपकी इज़ाजत से।"

सुरेश हँस दिया और फिर बोला, "वह मुझसे बड़े प्रेम से मिली। लेकिन कभी-कभी ऐसा लगता था मानो वह मुझसे खिंच रही हो। यानी कुछ झिझक-सी, मानो अभी हमारे प्रेम में कोई कसर बाक़ी हो।"

"अरे नहीं, यह आपने क्या बात कह दी। भई, लड़कियाँ बड़ी शर्मीली होती हैं। भला पहली मुलाक़ात में कैसे खुल सकती थी। अगर उसके दिल में आपके लिए इतना प्यार न होता तो वह पहली मुलाक़ात में इतना भी न खुलती।"

"आपकी बात बिलकुल ठीक हो सकती है। लेकिन मैंने तो केवल अपने मन की एक शंका प्रकट की है। मुझे ऐसा महसूस होता था, जैसे इसमें कोई भेद छिपा हो। जिसे वह मुझ पर प्रकट न करना चाहती हो।"

"वाह, वाह! अच्छी कद्र की आपने हमारी सहेली की। वह तो आप पर प्राण देती है और आप हैं कि उसके प्रेम पर सन्देह कर रहे हैं।"

"मैंने यह तो नहीं कहा कि मुझे उसके प्रेम पर सन्देह है। अपितु मैं यह कहना चाहता हूँ कि मैंने ऐसा महसूस किया मानो उसको मेरे प्रेम पर पूरा-पूरा भरोसा या विश्वास नहीं है।"

"छोड़िये जी, आप बहुत भावुक मालूम होते हैं। शर्म और लज्जा तो एक लड़की के लिए स्वाभाविक हैं।"

"हो सकता है आप ही का विचार ठीक हो।"

"हो सकता है क्या, मेरा विचार ठीक है। लीजिये, चाय पीजिये।"

सुरेश चुपचाप प्याले में चम्मच हिलाने लगा। उस समय उसका सिर झुका हुआ था और बालों का एक बड़ा गुच्छा उसके माथे पर आ गिरा था।

श्रीमती सक्सेना ने बात का विषय बदलते हुए पूछा, "और कहिये, आपके भाई साहब का क्या हाल है?"

"वहीं, जो सदा रहता है।"

"मैंने जो बातें कही थीं उनके बारे में कोई कदम उठाया आपने?"

"कौन-सी बातें?"

"भई वही, जो मैंने बँटवारे के लिए कहा था। अभी आप नौजवान हैं, इन बातों को अच्छी तरह नहीं समझते, लेकिन आगे चलकर आपकी जिन्दगी पर इन सब सवालों और उनके हल का बहुत गहरा प्रभाव पड़ेगा।"

"जी बात आप कह रही हैं, मैं उसे अच्छी तरह समझता हूँ, लेकिन इस वक़्त कुछ सूझ नहीं रहा है। न मुझे व्यवसाय का कुछ अनुभव है और न कानूनी दाँव-पेंच जानता हूँ। क्या करूँ, क्या न करूँ।"

"यह सब ठीक है, लेकिन आप कोई दूध-पीते बच्चे तो हैं नहीं। अगर साहस करें तो सब कुछ ठीक हो सकता है।"

"गौर कीजिये कि यदि मैं ऐसी कोई बात कहूँ और भाई साहब, जो पहले ही मुझसे खिंचे रहते हैं, और भी विरुद्ध हो जायें तो मैं न जाने किन-किन मुसीबतों में फँस जाऊँगा।"

"सचमुच आप बच्चों की-सी बातें करते हैं। भई, पहले तो आपको यह ज्ञात होना चाहिए कि आपके पिता जी जायदाद, दूकान और नकद रुपये में जरूर कोई वसीयत कर गये होंगे।"

"जी हाँ।"

"तो आपने उसे पढ़ा।"

"यूँ ही सरसरी नज़र से देखा था।"

"बहुत ख़ूब, सरसरी नज़र से देखा था। भई, मैं पूछती हूँ कि जब आपकी शादी हो जायेगी तो आप क्या करेंगे। इधर आपके भाई साहब कोई तिकड़म लड़ा गये तो आप टापते रह जायेंगे। शादी के बाद आपका उत्तरदायित्व भी बढ़ जायेगा।"

"शादी की भी आपने ख़ूब याद दिलायी। जब मैं मसूरी से आया तो भाई साहब ने कहा कि बेटा तुम्हारी शादी का प्रबन्ध कर रहा हूँ।"

"सच?"

"सच!"

"तो बेचारी उमा का क्या होगा?"

सुरेश ने सर झुका लिया और गहरे सोच में डूब गया। श्रीमती सक्सेना बोलीं, "आप ग़ज़ब कर रहे हैं। अब दुनिया में उमा सिर्फ़ आपको अपनी जिन्दगी का सहारा समझती है। आप दूसरी जगह शादी कर लेंगे तो उस बेचारी का क्या बनेगा, जरा सोचिये तो?"

सुरेश ने दृढ़ स्वर में उत्तर दिया, "मैंने सोच लिया है।"

"मैं भी सुनूँ!"

"मेरी शादी उमा से ही होगी।"

12

दोनों जहाँ तेरी मुहब्बत में हार के
वह जा रहा है कोई शबे-गम गुज़ार के

डाकिया आया तो सुरेश दूकान के दरवाज़े पर खड़ा था। यह सोचकर कि शायद उमा का पत्र आया हो। उसने बढ़कर सारी चिट्ठियाँ ले लीं। उसका अनुमान ठीक निकला। पता देखकर ही वह उमा की चिट्ठी पहचान गया। लेकिन काउन्टर पर उसका भाई बैठा था, अतएव उसने धड़कते हुए दिल के साथ उमा की चिट्ठी वहीं गिरा दी और बाक़ी डाक भाई को दे दी। फिर वह बाहर चला आया और मौक़ा पाकर उसने उमा का लिफ़ाफ़ा पतलून की जेब में रख लिया।

भाई को अंग्रेजी थोड़ी ही आती थी इसलिए सारे पत्र सुरेश को पढ़ने पड़ते थे। उसने सोचा दूकान की डाक पढ़ लेने के बाद इत्मीनान से उमा का प्रेम-पत्र पढ़ूँगा।

लेकिन दोपहर तक उसे पत्र पढ़ने का अवसर न प्राप्त हुआ दोपहर को भाई नशे में बेसुध होकर काउन्टर पर सिर रखे खर्राटे ले रहा था तब सुरेश टॉफी और चाकलेट के मर्तबानों से भरे मेज से टेक लगाकर बैठ गया। उसने धड़कते हुए दिल और काँपती हुई उँगलियों से लिफ़ाफ़ा फाड़ा और पत्र को दो-तीन बार उलट-पुलटकर देखने के बाद पढ़ना शुरू किया। लिखा था—

प्यारे सुरेश जी!

जब से आप गये हैं, आपको छोटा-सा पत्र भेजने के बाद चैन से कोई चिट्ठी न लिख सकी। कारण यह था कि चाचा जी आ गये। वे दिन-भर घर ही बैठे रहते और लोग उनसे मिलने के लिए आते रहते। वे इन क्वार्टरों को बेच डालने की चिन्ता में हैं। अधिक तो मालूम नहीं परन्तु इतना जानती हूँ कि अब यह काम शीघ्र ही समाप्त हो जायेगा और फिर मैं उनके साथ चली जाऊँगी।

आप जानते ही हैं कि आपके पीछे मेरा क्या हाल है। पहले मेरा विचार था कि आपसे मिलकर मेरे मन को शान्ति मिलेगी, और जब आप यहाँ थे तो सचमुच मुझे अत्यधिक शान्ति मिली, लेकिन मुझे यह पता नहीं था कि आपका वियोग मुझे इतना तड़पायेगा।

आपके जाने के बाद से मेरी जो दशा है उसका वर्णन करना मेरी शक्ति से बाहर है। पहले प्रेम एक चिनगारी था और अब ज्वाला भड़क उठी है। यह आग कैसे बुझेगी, मैं नहीं जानती। आप ही अच्छी तरह जान सकते हैं।

सुनिये! मैंने आपको बहुत निकट से देखा है। मैंने आपसे बातें की हैं और आपकी बातें सुनी हैं। मेरा हृदय आपके हृदय की ताल पर धड़कता रहा है। मुझे यह भी अनुभव है कि मैं आपसे और आप मुझसे अलग नहीं हैं···लेकिन न जाने क्यों मेरा मन डरता है। एक अज्ञात भय अपने भयानक पंख फैलाये मेरी आत्मा पर अपनी काली छाया डाल रहा है। मैं उसका वर्णन नहीं कर सकती, उसकी व्याख्या नहीं कर सकती···क्या कोई आपको मुझसे छीन लेगा? क्या मैं जीते-जी मर जाऊँगी? क्या आपके साथ बिताये कुछ क्षण केवल मेरे जीवन-ग्रन्थ के अत्यन्त सुन्दर पन्ने बनकर रह जायेंगे? क्या जिन्दगी भर उनकी याद हँसायेगी, उनकी याद ही रुलायेगी?

उत्तर शीघ्र दीजियेगा।

सदैव आपकी—

उमा

सुरेश ने पत्र का उत्तर तुरन्त लिख भेजा।

इसके बाद तीसरे दिन श्रीमती सक्सेना बड़ी प्रसन्न मुद्रा में उसकी दूकान में प्रविष्ट हुईं। भाई काउन्टर पर बैठा था। उस समय वह बड़ा चौकन्ना दिखता था क्योंकि उसने अभी दो ही पैग लिये थे। श्रीमती सक्सेना जैसी सुन्दर स्त्रियों के हाथ वह सौदा बेचना पसन्द करता था लेकिन उस समय उसने सुरेश को इशारे से समझाया कि उसके मुँह से शराब की दुर्गन्ध आ रही है, इसलिए वही सौदा दे।

श्रीमती सक्सेना बिस्कुट देखने के बहाने से सुरेश के साथ एक कोने मे चली गयी और चुपके से बोलीं, "मिठाई खिलाइये।"

सुरेश मुसकराया, "जरूर। किस सिलसिले में?"

श्रीमती सक्सेना ने आँख मटकायी, "···वह आयी है।"

"कहाँ?"

"मेरे यहाँ···लेकिन जरा धीरज रखिये···आज रात को दस बजे के करीब आइये हमारे घर। क्लब में साढ़े नौ बजे से ड्रामा है। वह चले जाते हैं। आप दोनों अलग कमरे में बातचीत कर सकते हैं। जरूर आइयेगा, क्योंकि सुबह ही वह चली जायेगी।"

सुरेश की ज़बान पर बीसों सवाल मचल रहे थे, किन्तु श्रीमती सक्सेना ने यह कहकर रोक दिया, ''अब जल्दी में हूँ, बाक़ी बातें रात को।'' यह कहकर उन्होंने बिस्कुटों का डिब्बा बगल में दबाया और चल दीं।

बाक़ी दिन सुरेश ने ऐसी बेचैनी से काटा कि उसके भाई को एक-दो बार इसका कारण पूछना पड़ा। रात को उसने भाई से कहा कि आज तबीयत उदास-सी है इसलिए सिनेमा देखने जा रहा हूँ।

वह उड़ता हुआ श्रीमती सक्सेना के बँगले पहुँचा। देखा कि वह बड़े बेचैनी से बरामदे में टहल रही है। उसे देखते ही बोलीं, ''आपका बड़ा इन्तजार था, अच्छा हुआ आप आ गये। आज मुझे भी क्लब जाने के लिए विवश किया जा रहा है। इसलिए मैंने उनसे वायदा कर लिया है कि वह चलें, मैं आती हूँ। वह तो उमा को भी ले जाने का आग्रह कर रहे थे लेकिन उसने तबीयत ठीक न होने का बहाना कर दिया और अब कमरे में लेटी है···कमरा अलग-अलग है। चलिये, मैं आपको छोड़ आऊँ। हम तो दो बजे तक लौट सकेंगे।''

जिस कमरे में उमा थी उससे कुछ इधर ही श्रीमती सक्सेना रुककर बोलीं, ''वह रहा दरवाज़ा और शायद अब इससे आगे जाना मेरे लिए उचित नहीं है। आप बढ़िये और आपस में ख़ूब मिलिये।...समझ गये न? ख़ूब-ख़ूब मिलिये।'' यह कहकर उन्होंने अर्थपूर्ण ढंग से उसका हाथ दाबा और उसे छोड़कर चली गयी।

तनिक रुककर वह उसी प्रकार धीरे-धीरे आगे बढ़ा, जैसे परीक्षा देने जा रहा हो। दरवाज़ा अधखुला था···

उसे ऐसा लगा मानो वह न जाने कितने वर्षों बाद उमा से मिलने जा रहा हो।

उसने दरवाज़ा खोल दिया। कमरे की चीज़ें बिजली के तीव्र प्रकाश में जगमगा रही थीं।

···और उमा!

वह पलंग की पट्टी पर हाथ टेके बैठी थी। उसके पीछे एक सुन्दर खिड़की दिखायी पड़ रही थी। ऐसा लगता था मानो उमा की मोहिनी सूरत चौखटे में जड़ी हुई हो।

सुरेश को भीतर प्रवेश करते देख उसके भारी पपोटों और घनी पलकों में कुछ हरकत हुई लेकिन इसके बाद उसकी आँखें झुक गयीं।

यह बात सुरेश को बड़ी अजीब मालूम हुई, क्योंकि वह समझता था कि उमा दौड़कर आयेगी और अपनी बाँहें डाल देगी···वह धीरे-धीरे आगे-आगे बढ़ता गया और पास पहुँचकर उसने उसकी ठुड्डी के नीचे उँगली रखकर उसका चेहरा ऊपर उठाया और चुपचाप उसके होंठों पर होंठ रख दिये।

उमा के होंठ बर्फ के समान ठण्डे थे।

लेकिन थोड़ी देर के बाद उनमें गर्मी उत्पन्न हुई और फिर अकस्मात बिजली की सी फुर्ती से वह उठी और उसके गले से लिपटकर उसे ज़ोर से भींच लिया।

कुछ मिनट तक वे इसी तरह खड़े रहे। जब सुरेश को अपनी गर्दन कुछ भीगती-सी लगी उसने जल्दी से उमा का चेहरा पीछे हटाया। उसने देखा उमा की आँखों से आँसू बह रहे थे।

''उमा! उमा!'' उसने पागलों की तरह चिल्लाकर पूछा, ''क्या बात है?''

उमा की आँसुओं में डूबी हुई पुतलियाँ निश्चल हो गयीं। उसने बड़ी कठिनाई से कहा, ''चाचा ने मेरी शादी तय कर दी है।''

सुरेश स्तब्ध रह गया, ''कहाँ?''

''मालूम नहीं।''

''लेकिन ऐसा हो नहीं सकता...''

उमा चुपचाप सिसकियाँ भरती रही।

''लेकिन उमा, ऐसा नहीं हो सकता...ऐसा नहीं होगा, उमा! कहो, ऐसा नहीं होने दूँगी।''

उमा के होंठ बन्द थे।

सुरेश टूटे हुए पेड़ की तरह नीचे की ओर सरकता हुआ जमीन पर गिर पड़ा। उसकी बाँहें उमा की टाँगों से लिपटी हुई थीं और उसने क्षीण स्वर में कहा, ''ऐसा कैसे हो सकता है?''

उमा मूर्ति की तरह खड़ी थी।

13

यह अहदे-तर्के-मुहब्बत है किसलिए आख़िर,
सकूने-कलब इधर भी नहीं, उधर भी नहीं!

उस रात उनकी आख़िरी मुलाक़ात थी। इसके बाद के दिन बड़ी ही उदासी में बीते। सुरेश का मन उदास रहता था, लेकिन इतना होते हुए भी वह निराश नहीं हुआ।

दिन बीतते गये। उमा की ओर से कोई पत्र नहीं मिला था। यहाँ तक कि डेढ़ महीना बीत गया। अब सुरेश की चिन्ता गहरी हो गयी। वह सोचता कि कम से कम उमा एक पत्र तो डाल सकती थी।

उधर भाई ने उस पर शादी के लिए जोर डालना आरम्भ कर दिया था। दिन-रात अज़ीब बेचैनी और उलझन में कट रहे थे।

एक दिन भाई की उपस्थिति में ही श्रीमती सक्सेना दूकान में आयीं और उसके भाई की नज़र बचाकर धीरे से बोलीं, ''आज हमारे यहाँ आइयेगा।''

सुरेश ने देखा कि श्रीमती सदा सक्सेना की भाँति प्रसन्न नहीं दिखती थीं।

इसके बाद श्रीमती सक्सेना ने अधिक कुछ कहने का मौक़ा नहीं दिया और तुरन्त चल दीं।

श्रीमती सक्सेना के जाने के बाद सुरेश ने देखा कि उसका भाई नशे में चूर बड़े ध्यान से उसे देख रहा है। दोनों की नज़रें मिली तो उधर से इशारा हुआ—आओ!

सुरेश अपनी जगह पर रुका रहा।

उसके भाई के होंठों पर मुसकराहट खेलने लगी। सुरेश की शादी की चर्चा करने से पहले उसके होंठों पर हमेशा इसी प्रकार की मुसकराहट खेला करती थी। सुरेश भाई की इस बातचीत से बुरी तरह ऊब चुका था।

दोबारा बुलाये जाने पर सुरेश धीरे-धीरे उसकी ओर बढ़ा। भाई नशे में मस्त था। उसका सिर डगमगा रहा था। वह काफ़ी देर तक अपने ख़ास अन्दाज में सुरेश की ओर देखता रहा और मुसकराता रहा। फिर बोला, ''अच्छी है।''

''कौन?''

''यही, अपनी मिसेज सक्सेना।''

सुरेश चुप रहा। भाई हँसने लगा, बेटा, हम बड़े घाघ हैं।''

सुरेश ने विरक़्त दृष्टि से इधर-उधर देखा। दूकान की हर वस्तु से—बड़े भाई सहित—वह कितना विरक्त हो गया था। उसने जवाब दिया, ''लेकिन...''

भाई ने अपनी काँपती हुई उँगली उठायी और नशे में लाल आँखों से ''बेटा'' की ओर देखा, ''लेकिन जमाना नाज़ुक है...''

सुरेश मौन रहा।

''ठीक?''

''ठीक।''

इसके बाद कुछ देर तक मौन रहा। फिर भाई ने अपने सूजे हुए पपोटों को ऊपर उठाया और बोला, ''सुरेश! मैंने तुम्हारे लिए एक रिश्ता ठीक किया है।''

''मुझे शादी नहीं करनी है।''

''कारण?''

''भाई साहब बहस करने से कोई लाभ नहीं। मुझे शादी करने की ज़रूरत नहीं महसूस होती।''

''महसूस नहीं होती...च्-च्-च...कुछ भी महसूस नहीं होता?''

सुरेश शान्त रहा।

''हूँ?''

''देखिये भैया, मुझे परेशान न कीजिये। मैं जीवन में जो कुछ करना चाहता था, वह तो आपने करने नहीं दिया, अब इन बातों से क्या लाभ?''

''तुम क्या करना चाहते थे?''

''मैं पढ़-लिखकर अपनी ज़िन्दगी सँवारना चाहता था।''

"तुम पढ़-लिखकर ज़िन्दगी सँवारना चाहते थें मैंने बिना पढ़ाये-लिखाये तुम्हारी ज़िन्दगी सँवार दी।"

"आप इसे जिन्दगी कहते हैं?"

"तुम्हारा इशारा मेरी ओर है? ठीक है, मेरी ज़िन्दगी ज़िन्दगी नहीं लेकिन तुम्हारी ज़िन्दगी तो बन सकती है। काम चला-चलाया है। बस, अब शादी कर लो और चैन की बंसी बजाओ।"

"चैन की बंसी?" यह कहते-कहते सुरेश का गला भर आया।

उसकी यह दशा देख भाई ने बात को आगे नहीं बढ़ाया।

जैसे-तैसे करके शाम हुई और सुरेश भाई से आज्ञा लेकर ताँगे पर सवार होकर श्रीमती सक्सेना के बँगले पहुँचा।

श्रीमती सक्सेना अपने पति के साथ लॉन में बैठी थीं। श्री सक्सेना कुछ फाइले पलट रहे थे और श्रीमती सक्सेना चाय बना रही थीं।

श्रीमती सक्सेना ने बड़े तपाक से उसका स्वागत किया। "ख़ूब वक़्त पर आये। हम एक-एक प्याला चाय पी चुके हैं। आपकी प्रतीक्षा हो रही थी।"

सुरेश ने चाय पीनी शुरू की। श्रीमती सक्सेना ने एक पत्र उसकी ओर खिसकाते हुए कहा, "उनकी चिट्ठी है।"

सुरेश ने काँपते हाथों से चिट्ठी खोली और जल्दी-जल्दी पढ़ने लगा। लिखा था—

मेरी आशाओं के देवता!

मैंने इतने दिनों तक आपको पत्र नहीं लिखा। मुझ अबला ने जो कुछ बन पड़ा किया लेकिन दुर्भाग्य की बढ़ती हुई छाया अब मुझ पर पूरी तरह छा गयी है। इतने दिन इसी उधेड़बुन में रही। जो होने वाला था उसकी सूचना तो मैं आपको ही दे चुकी थी। इसके बाद यही सोचा था कि यदि कोई बच निकलने का उपाय हो तो शायद हमारे दिन फिर जायें।

एक सप्ताह तक मेरा विवाह हो जायेगा। यह दुनियावालों की नज़रों के सामने होगा। भगवान के सामने जिसके साथ होना चाहिए था, हो चुका।

मैं इस संकट से बचने के लिए या तो आत्म-हत्या कर सकती थी। या घर से भाग जाती। लेकिन मैं इन दोनों में से कोई काम करना नहीं चाहती। इसका कारण है।

आप जानते ही हैं कि मेरे माता-पिता मर चुके हैं। मुझे उनकी सूरत तक याद नहीं। क्योंकि मैं बिलकुल बच्ची थी, जब उनका देहान्त हुआ। लेकिन दादी से सुना है कि वे दोनों बहुत ही भले थे। बहुत भले, बहुत सज्जन और लोकप्रिय। उनकी मृत्यु के बाद मुझे मेरे चाचा-चाची ने पाला। उन्होंने मेरे लिए बहुत कुछ किया लेकिन मैं यह कहे बिना नहीं रह सकती कि उनकी छत्रछाया में मुझे अपनी प्यारी माँ और पिता की याद हमेशा सताती रही।

यदि मेरे माता-पिता जीवित होते तो मुझे पूरा विश्वास है कि वे अपनी प्यारी बेटी की आशाओ का ख़ून कभी न होने देते। मैं चाहती तो उनके सामने हठ कर सकती थी। मैं उनको अपने दिल का हाल खोलकर बता सकती थी और यदि फिर भी वे मेरा ख़याल न करते तो शायद मैं विद्रोह भी कर उठती...लेकिन अब वे इस संसार में नहीं हैं। उनकी लाज़ मेरे हाथ में है। संसार के सामने उनकी मृत्यु के बाद चाचा ने मुझे पाला। अब मैं यदि आत्म-हत्या कर लूँ या भाग निकलूँ तो दोनों बातों से मेरे स्वर्गवासी माता-पिता की आत्माओं को दुःख पहुँचेगा।

काश, मेरे माता-पिता जीवित होते तो मैं भी दूसरी लड़कियों की तरह पलती-बढ़ती। प्रेम का झूला झूलती, हठ करती या कुछ भी करती। किन्तु अब आप ही बताइये कि मेरे लिए सिवा चुप रहने के उपाय ही क्या हैं?

मैं नहीं जानती कि आपसे कैसे बताऊँ कि मेरे मन पर क्या बीत रही है। मैं यह भी जानती हूँ कि आपका जीवन भी बर्बाद हो जायेगा। लेकिन इस समय दो स्वर्गीय आत्माओं की लाज़ बचाने का प्रश्न है। आप मेरा हाथ बँटाइए।

मैं लिख रही हूँ और रो रही हूँ। आप श्रीमती सक्सेना से सलाह कीजिये। यह पत्र मैं उन्हीं के द्वारा इसलिए भेज रही हूँ कि आपको बिना किसी कठिनाई के मिल जाये।

मैं हमेशा आपकी याद में रोती रहूँगी।

आपकी अभागिनी—
उमा

14

वह मेरे हो के भी मेरे न हुए
उनको अपना बना के देख लिया

सुरेश पत्र पढ़ चुका था तो श्रीमती सक्सेना ने चिन्तित स्वर में पूछा, "कहिये क्या मामला है?"

सुरेश श्री सक्सेना की उपस्थिति के कारण कुछ हिचकिचाया तो श्रीमती सक्सेना ने कहा, "देखिये, मैंने इन्हें भी सब कुछ बता दिया है। क्योंकि यह मामला उस मंज़िल पर है कि आपस में सलाह करना आवश्यक है। इसलिए आप किसी प्रकार की परेशानी महसूस न करें।"

"जी, ठीक है। उमा ने बात तो वही पुरानी दोहरायी है कि उसकी किसी और जगह शादी तय हो गयी। एक सप्ताह तक शादी हो जायेगी।"

"एक सप्ताह तक? इसका अर्थ यह हुआ कि समय बहुत कम है।"

"जी, हाँ। लेकिन यदि समय अधिक भी होता उसका कोई अच्छा फल नहीं निकल सकता था।"

"आप इस तरह निराश न होइये। अगर प्रयत्न किया जाय तो सब कुछ हो सकता है।" फिर वह पति की ओर देखकर बोलीं, "क्यों जी, आपका क्या विचार है?"

श्री सक्सेना ने फाइलों से ध्यान हटाकर ज़रा आँखों को मला और फिर चेहरा ठीक करते हुए कहा, "ओह! अच्छा, उमा वाला किस्सा। अब क्या हाल है उसका?"

श्रीमती सक्सेना ने सुरेश की ओर देखा जिस पर सुरेश ने कहना आरम्भ किया, "अब हाल यह है कि एक सप्ताह तक शादी होने वाली है। और उन्होंने लिखा है कि यदि आत्महत्या करूँ या विद्रोह करूँ तो दोनों तरह से उनके स्वर्गीय माता-पिता की आत्मा को दुःख होगा। लोग कहेंगे कि चाचा ने पाला-पोसा लेकिन उन्हीं के सामने ऐसी निर्लज्ज हो गयी।"

श्रीमती सक्सेना बोलीं, "आत्महत्या का तो ख़ैर सवाल ही नहीं उठता। आख़िर आत्महत्या से लाभ ही क्या? यह तो बच्चों की-सी बाते हैं। अलबत्ता दूसरी बात पर ग़ौर किया जा सकता है।"

सुरेश ने कहा, "लेकिन उन्होंने यह भी तो लिखा है कि वह दूसरी बात करने को भी तैयार नहीं क्योंकि इस तरह उनके स्वर्गवासी माता-पिता की आत्माओं को दुःख होगा।"

श्रीमती सक्सेना बोलीं, "तो इसका यह मतलब हुआ कि वह इस मामले में चुप ही रहेगी।"

"जी।"

इस पर श्रीमती सक्सेना ने पति की ओर देखा, "अब बताइये, आपको कोई हल सूझता है या नहीं?"

श्री सक्सेना ने गम्भीरता से सिर पर हाथ फेरते हुए धीरे-धीरे कहना आरम्भ किया, "कानूनी स्थिति तो यही है कि जब लड़की बालिग हो तब उसे इस बात का पूरा-पूरा अधिकार है कि वह जहाँ चाहे शादी करे। चाचा उससे विवश तो नहीं कर सकते पर मालूम होता है कि लड़की बहुत अधिक भावुक है।"

"भावुक तो है।"

"वही बात तो मैं कह रहा हूँ। यदि वह सरकार को इस अभिप्राय का एक प्रार्थना-पत्र भेज सकती कि उसकी शादी बिना मर्ज़ी के हो रही है तो अवश्य ही सबको इस मुसीबत से छुटकारा मिल जाये।"

"यह ठीक है।" सुरेश ने कहा, "लेकिन वह ऐसा कभी नहीं करेगी।"

इस पर श्री सक्सेना और उनके साथ श्रीमती सक्सेना और सुरेश तीनों सिर झुकाकर सोच में डूब गये। अन्त में श्री सक्सेना ने कहा, "उसका एक और नर्म हल हो सकता है।"

"वह क्या?"

श्री सक्सेना ने तनिक सोचा, फिर बोले, "यह हो सकता है कि यदि उमा अपनी चाची या किसी अन्य सहेली के द्वारा यह बात चाचा के कानों तक पहुँचा दे कि उसका विवाह उसकी इच्छा के अनुकूल नहीं हो रहा है तो हो सकता है, वह इस पर ग़ौर करने को तैयार हो जायें।"

"राय तो उचित है।" यह कहकर श्रीमती सक्सेना ने सुरेश की ओर, उसके मन का हाल जानने के लिए देखा।

सुरेश को भी यह बात ठीक जँची। कुछ सन्तुष्ट-सा होकर वह चाय का दूसरा प्याला तैयार करने लगा।

श्रीमती सक्सेना ने कहा, "हाँ वह इतनी-सी हिम्मत कर जाये तो इसमें बदनामी की भी कोई बात नहीं होगी। अच्छा, मैं उसे पत्र लिखूँगी।"

लिखूँगी क्या, अब लिख डालो। बल्कि लाओ, मैं लिखवा दूँ।"

श्रीमती सक्सेना ने कहा, "बहुत अच्छा।" नौकर को आवाज देकर राइटिंग पैड मँगवाया।

श्रीमती सक्सेना पत्र लिखने बैठ गयी। श्री सक्सेना ने कहा, "अच्छा भई, शुरू में जो कुछ लिखती है, वैसे लिख दीजिये।"

"लिख दिया।"

"आगे लिखो—तुम्हारे कहने के अनुसार तुम्हारा पत्र सुरेश जी को दे दिया गया। इस समय वह यहीं बैठे हैं।

शायद तुम इसका अनुमान न करा सको कि हम सबको तुम्हारा पत्र पढ़कर कितना दुःख हुआ। हमारे दिलों पर निराशा की काली घटा छायी हुई है।

मनुष्य के जीवन में वैसे तो अनेक अवसर आते हैं। जब उसे कोई राह नहीं सूझती। लेकिन आवश्यकता इस बात की है कि आदमी ऐसे अवसरों पर अपना मानसिक सन्तुलन न बिगड़ने दे। मेरा मतलब यह नहीं कि तुमने ऐसा किया है, लेकिन इसमें सन्देह नहीं कि तुमने बहुत अधिक भावुक होने का परिचय दिया है। भावुकता ऐसे अवसर पर कोई लाभ नहीं पहुँचाती।

तुम इस समय जो भी कदम उठाओगी उस पर तुम्हारे भावी जीवन की भलाई या बुराई निर्भर है। यह हो सकता है कि अपनी भावुकता के कारण तुमको अपनी भूल का अभी अनुभव न हो लेकिन वह दिन भी दूर नहीं जब तुम्हें अपनी इस जल्दबाजी का बहुत कटु अनुभव होगा, किन्तु फिर पछताने से कोई लाभ न होगा। तुम्हें जीवन-पर्यन्त पछताते हुए रहना पड़ेगा।

"तुम यह न समझो कि मैंने तुम्हारी भावनाओं को पूरे तौर पर महसूस नहीं किया।" विश्वास करो कि मैंने इस प्रश्न के प्रत्येक पक्ष पर पूरी तरह विचार किया और तुम्हारे एक-एक शब्द पर पूरी सहानुभूति से विचार किया। लेकिन फिर भी मैं तुम्हारे विचारों से सहमत नहीं हो सकती।

एक छोटा सा उपाय मेरी समझ में आया है। मेरी योजना ऐसी है कि तुम्हारी भावनाओं को ठेस भी न लगेगी और तुम्हारे स्वर्गवासी माता-पिता की आत्माओं को दुःख भी नहीं पहुँचेगा। तुम यह भी तो सोचो कि तुम्हारे माता-पिता की आत्माएँ तुमको दुःखी देखकर कैसे सुखी हो सकती हैं। उनको तो तुम्हारे सुख में ही सुख मिलेगा।

मेरी योजना यह है कि तुम किसी सहेली या चाची द्वारा अपने चाचा तक अपने विचार पहुँचा दो और देखो कि इसका क्या फल निकलता है। जो बुरा होना है, वह तो ख़ैर हो ही रहा है, या भगवान न करे, शायद होकर ही रहे, लेकिन मेरी इस योजना पर चलने से न तुम विद्रोहिणी कहलाओगी, न अपने स्वर्गीय माता-पिता की आत्माओं को दुःख पहुँचाओगी।

मैं तुमसे फिर कहती हूँ कि मेरी योजना पर चलने की कोशिश ज़रूर करो इसमें दो जीवनों के आबाद या बर्बाद हो जाने का सवाल निहित है। ज़रा साहस की आवश्यकता है। मुझे आशा है कि तुम मेरी राय पर जरूर चलोगी।

तुम्हारी—

....

पत्र समाप्त हुआ तो तुरन्त लिफ़ाफ़े में बन्द करके स्टेशन पर भिजवा दिया गया, जिससे कि उसी रात निकल जाये।

इससे छुट्टी पाकर श्री सक्सेना सुरेश की ओर देखकर बोले, "एक ज़रा-सी हिम्मत आप भी कर सकते हैं?"

"क्या?" सुरेश ने चौंककर पूछा, "मैं क्या कर सकता हूँ, मेरे वश में क्या है?"

इस पर श्री सक्सेना फिर कुछ सोचने लगे और बोले, "आप अपने भाई साहब पर सारा भेद खोल दें। उन्हें आपकी शादी तो करनी ही है।"

"लेकिन वह तो कुछ और प्रबन्ध कर रहे हैं।"

"ठीक है, लेकिन कोशिश तो करनी ही है। उसमें हर्ज़ क्या है?"

आख़िर वह आपको मुँह में तो नहीं डाल लेंगे।"

"आपका कहना सिर-माथे पर, लेकिन वह बहुत जिद्दी और उजड्ड टाइप के आदमी हैं। कभी नहीं मानेंगे।"

"फिर भी आप वायदा कीजिये कि आप कोशिश करेंगे। यदि वह राजी हो जाये तो स्वयं उमा के चाचा से मिलकर इस सम्बन्ध में बातचीत कर सकते हैं।"

15

न जाने किसलिए उम्मीदवार बैठा हूँ,
इक ऐसी राह पे जो तेरी रहगुज़र भी नहीं।

श्री सक्सेना के यहाँ से उठकर सुरेश अपने घर को चला तो उस समय रात के दस बज चुके थे। श्री सक्सेना ने अनुभवी आदमी की भाँति स्थिति को सुधारने के लिए एक सम्भव और ठोस कदम उठाया था। साथ ही वह उसको ऐसे समझाते रहे कि जीवन में पुरुषों को बहुत से संकटों का सामना करना पड़ता है इसलिए निराश नहीं होना चाहिए।

लेकिन सुरेश पर इन उत्साहप्रद उपदेशों का विपरीत प्रभाव पड़ता था। उसके लिए जीवन का अर्थ समाप्त हो चला था। उसने श्री सक्सेना की सन्तुलित बातों पर विचार किया तो यह सोचा कि प्रत्येक मनुष्य की रचना भिन्न-भिन्न तत्वों से होती है इसलिए यह आवश्यक नहीं कि किसी एक बात की प्रतिक्रिया सब पर एक-सी हो।

इसी उधेड़-बुन में वह घर पहुँचा। अन्दर से हँसने-बोलने की आवाजें आ रही थीं। उसके बड़े भाई का स्वर सबसे ऊँचा था। मालूम होता था कि आज वह बहुत अच्छे मूड में हैं। अन्दर पहुँचकर उसने देखा कि आँगन में भाई चारपाई पर लेटा है और बच्चे उसके पेट पर कूद रहे हैं। उसको देखते ही उसका भाई जो इस समय भी नशे में चूर था, बोला, "लो भई, तुम्हारे अंकल आ गये। अब इनकी सवारी करो।"

बच्चो का रुख पलटा ही चाहता था कि उनकी माँ ने चिल्लाकर कहा, "अरे ठहरो, बेचारा थका-माँदा आया है, खा-पी लेने तो दो।"

यह सुनकर भाई ने शरीर ढीला छोड़ दिया और बोला, "लो भई, और थोड़ी देर तक हमारी हड्डियाँ तोड़ लो।"

सुरेश की भाभी सीधी-सादी और तनिक हँसमुख स्त्री थी। सुरेश ने उसे अपना भेद तो नहीं बताया था लेकिन फिर भी दोनों को एक-दूसरे से हमदर्दी अवश्य थी।

वह भोजन करने बैठा तो उसके विचार भाभी के हँसमुख स्वभाव और दयालु प्रकृति पर केन्द्रित हो गये।

भाभी उसकी उदासी का कारण तो नहीं जानती थी लेकिन वह अपनी समझ में यही सोचे बैठी थीं कि यदि उसका विवाह हो जाये तो अवश्य ही उसकी दशा में परिवर्तन आ जायेगा। अतएव उसने हाथ से पंखा डुलाते हुए कहा, " अरे सुरेश बाबू, आख़िर यह क्या बात है?"

सुरेश ने चौंककर सिर उठाया, "क्या बात, भाभी?"

"अरे यही—जानते हो, अब तुम्हारी शादी हो जानी चाहिए।"

"शादी" शब्द से उसे चिढ़-सी होती जा रही थी। वह चुपचाप भोजन करता रहा। उसे कोई जवाब सूझ ही नहीं रहा था।

जवाब भी काफ़ी प्रतीक्षा करने के बाद भाभी फिर बोली, "मैं क्या कह रही हूँ?"

"क्या?"

"यही कि तुम शादी क्यों नहीं कर लेते?"

"छोड़ो भी, भाभी।"

"छोडूँगी नहीं। अब तो नन्ही-सी छम-छम करती दुल्हन लाकर ही छोडूँगी।"

सुरेश सिर हिलाकर रह गया।

"आख़िर तुम्हें इनकार क्यों है?"

सुरेश को कुछ न सूझा तो बोला, "अच्छा, जो आपकी मर्जी।"

भाभी यह सुनकर मारे ख़ुशी के फूलकर कुप्पा हो गयी। चिल्लाकर बोली, "अजी, सुनते हो।"

उधर बच्चों ने शोर मचा रखा था। भाई ने मुश्किल से सिर उठाया, "क्या बात है, भई?"

"सुरेश मान गया है।"

"क्या मान गया है?"

"शादी करने पर राजी हो गया है।"

भाई उछलकर चारपाई पर बैठ गया, "सच?"

"हाँ, सच।"

"तब मुँह मीठा करो हमारा।"

सुरेश भोजन करके उठा तो भाई ने पुकारकर कहा, "अरे भई, इधर आओ, जरा तुमसे बातचीत हो जाये।"

सुरेश ने कहा, "कल।"

यह कहकर वह अपनी चारपाई की ओर बढ़ा।

भाई ने दोनों हाथ हिलाकर आश्चर्य प्रकट किया तो पत्नी पास आकर भरे-भरे स्वर में बोली, "अभी शर्माता है।"

दूसरे दिन सुबह के समय तो दूकान पर बहुत भीड़ रही। हाँ, दोपहर के समय जब भाई ने पैग चढ़ाया तो सुरूर की हालत में उसने सुरेश की ओर देखा। आज सुबह की बिक्री अधिक होने के कारण भी उसका मन प्रसन्न था। उसने नाचती हुई आँखों से छोटे भाई की ओर देखा और बोला, "आओ बेटा। अब जरा तुम्हारी शादी की बातचीत हो जाये।"

जब सुरेश पास पहुँचा तो भाई ने कहना आरम्भ किया, "मुझे तुम्हारी भाभी से यह मालूम करके बड़ी ख़ुशी हुई है कि आख़िर तुम शादी करने पर राजी हो गये। भैया,

हम बिगड़े तो बिगड़े अब तो सुधरने से रहे। लेकिन हमारा धर्म कहता है कि हम छोटों को सीधे रास्ते पर लगायें। समझे?"

"जी।"

"क्या समझे?"

"यही कि आपका धर्म है कि मुझे सीधे रास्ते पर लगाएँ।"

इस पर भाई ने हाथ बढ़ाकर उसके कन्धे पर थपकी दी, "यह बात! देखो, जमाना नाज़ुक है। हम में लाख बुराई सही लेकिन फिर भी हम तुमसे बड़े हैं। तुम हमसे अधिक पढ़े-लिखे हो लेकिन हमने तुमसे अधिक दुनिया देखी है। ठीक?"

"ठीक।"

"मतलब यह कि हमारा अनुभव तुमसे अधिक है। तुम सयाने हो, समझदार हो, यह हम जानते हैं, लेकिन दुनिय की कई ऐसी बातें हैं जिनमें तुम धोखा खा सकते हो। मेरी बातों का बुरा मत माना करो। मुझमें भी बुराइयाँ हो सकती हैं, लेकिन एक दिन आयेगा जब तुम यह महसूस करोगे कि तुम्हारा भाई उतना बुरा नहीं जितना तुम समझते हो। यह हो सकता है कि तुमको हमारी कोई बात पसन्द न आये, लेकिन तुमको इस बात का पता होना चाहिए कि हम तुमको दिल से चाहते हैं और अपनी समझ-बूझ के मुताबिक हमेशा तुम्हारी भलाई ही सोचते हैं।"

"लेकिन भाई साहब, मैंने तो कभी आपको बुरा नहीं कहा।"

"नहीं भैया, तुगने कहा नहीं कि हम बुरे हैं लेकिन हम अपनी बुराइयाँ स्वयं ही जानते हैं। अब बताओ शादी के बारे में तुम्हारे क्या विचार हैं?"

"जो आपकी ख़ुशी सो मेरी ख़ुशी।"

"शाबास! तुमने हमारा जी ख़ुश कर दिया।"

"आपका कहना मानना मेरा धर्म है।

"जीते रहो। अच्छा, अब तुम्हें कुछ रिश्ते जो आये हैं वे बतायें जिससे तुम्हारी राय भी मालूम हो जाये। मैं इस बारे में तुम्हारी राय जानना आवश्यक समझता हूँ।"

सुरेश ने बात काटते हुए कहा, "लेकिन भाई साहब, अगर मैं आपसे कहूँ कि मैंने अपनी जीवन-संगिनी चुन ली है तो?"

भाई को आश्चर्य हुआ, "चुन ली है..." फिर हँसते हुए बोला, मिसेज सक्सेना तो नहीं?"

"वह मेरी क्लास-फेलो थी।"

"क्लास-फेलो?...हम बड़े घाघ हैं। हम पहले ही जानते थे कि दाल में कुछ काला है।"

"लेकिन भाई साहब जब आप मेरी शादी करना ही चाहते हैं तो फिर यदि ऐसी लड़की से हो जाये जो मुझे पसन्द है तो क्या बुराई है?"

भाई ने स्वीकारात्मक ढंग से सिर हिलाया, "कोई बुराई नहीं, कोई बुराई नहीं।"

"तो क्या आप इस विषय में मेरी सहायता करेंगे?"

"ज़रूर, ज़रूर! तुम ज़रा खुलकर बात करो। मैं नहीं तुम्हारी सहायता करूँगा तो कौन करेगा?"

16

बुझी हुई शमा का धुआँ हूँ, और अपने मरकज़ को जा रहा हूँ!

यह एक बरसात की दोपहर की बात है।

बम्बई में दादर रेलवे-स्टेशन से छह-सात मील की दूरी पर एक नई बस्ती के अधिकाँश मकान बन चुके थे। लेकिन अब भी काफ़ी मकान ऐसे थे जिनके निर्माण का काम पूरा नहीं हो पाया था। बने हुए सभी मकान अभी आबाद नहीं हुए थे।

दोपहर का समय था लेकिन पूरब से एक काली घटा हब्शियों की सेना की भाँति झूमकर उठी और दोपहर की गहरी सन्ध्या में बदल गयी।

एक प्रौढ़ अवस्था का व्यक्ति मकानों की परम्परा में से निकलकर खुले स्थान में जा खड़ा हुआ। उसने सिर उठाकर आकाश की ओर देखा। शायद वह सोच रहा था कि आगे बढ़े या घर को लौट जायें। लेकिन फिर उसने निर्णयात्मक ढंग से कदम आगे बढ़ाया और चल पड़ा।

वर्षा होना ही चाहती थी। बादल तुले हुए थे। वृक्ष शान्त और निश्चल खड़े थे मानो किसी महत्वपूर्ण घटना की प्रतीक्षा कर रहे हों।

उस व्यक्ति को ढाई-तीन फलाँग से अधिक नहीं चलना था, लेकिन उस समय तो एक क्षण का भी भरोसा नहीं था, अतएव जब वह कच्ची सड़क छोड़कर एक नये मकान के फाटक में घुसा तो एकदम बहुत बड़ी-बड़ी बूदें बरसने लगीं। बरामदे तक की दूरी उसने लम्बे-लम्बे डग भरते हुए तय की।

चौड़े बरामदे में सरकण्डे की कुछ कुर्सियाँ बिछी थीं, एक कोने में एक तख़्त भी बिछा था जिस पर एक गद्दा, गद्दे पर चादर और उस पर एक बड़ा-सा गाव-तकिया लगा था।

जब वह व्यक्ति बरामदे में प्रविष्ट हुआ तो तख़्त पर बैठे हुए अधेड़ अवस्था के एक पुरुष का क्षीण स्वर सुनायी दिया, "आइये, रामबाबू!"

नवागन्तुक ने हँसते हुए कहा, "सुरेश बाबू! आप भी मन में सोचते होंगे कि मुझे आज घर पर बैठना नसीब नहीं हुआ।"

सुरेश की आयु चालीस वर्ष से कुछ आगे ही पहुँच चुकी थी। सिर के अधिकाँश बाल पक गये थे। चेहरे की रेखाओं और अन्य लक्षणों से प्रकट होता था कि वह काल

के हाथों बहुत सताया गया था, किन्तु आँखों में वही पुरानी जिज्ञासा और एक गहरी उदासी झलक रही थी। उस समय मोटे सूती कपड़े की चारखाने की कमीज़ पहने वह बगल में गाव-तकिया दबाये बैठा था। रामबाबू को देखकर उसने पहलू बदला और कहा, "मैं स्वयं आपकी प्रतीक्षा कर रहा था। लेकिन फिर यह सोच उदास हो जाता कि शायद इस काली घटा को देख आप रुक जायें।"

"अजी नहीं, हम काली घटाओं से डरने वाले नहीं हैं। कल जो आपने बात शुरू की, तो विश्वास कीजिये, उसके अधूरे रह जाने से मुझे रात भर नींद नहीं आयी। नींद आयी भी तो स्वप्न में आपकी कहानी ही दिखायी पड़ती रही..."

रामबाबू ने बात समाप्त की ही थी कि सुरेश को दमे का दौरा पड़ गया। दो-ढाई मिनट तक उसकी नीचे की सांस नीचे और ऊपर की सांस ऊपर ही रह गई। पीला चेहरा लाल हो गया। आख़िर जब दम में दम आया तो उसने टाँगों पर गर्म चादर डाल ली और फिर कुछ क्षणों के लिए खामोशी छा गयी, मानो वह अपने विचारों को एकत्र कर रहा हो। फिर दूर तक निगाह दौड़ाते हुए धीरे से बोला, "कहानी!...हर दर्दनाक घटना अन्त में कहानी बनकर रह जाती है।"

"जी?" रामबाबू उसकी बात समझ नहीं सके।

सुरेश ने मुसकराकर कहा, "सबसे पहले चाय आनी चाहिए। मैंने आपको फाटक पर देखते ही नौकर को चाय बनाने के लिए कह दिया था।"

"चाय तो जरूर पियेंगे।"

सुरेश ने बरामदे से बाहर देखते हुए कहा, "हालाँकि कोई बाग़ नहीं, क्यारियाँ नहीं, फिर भी ज़मीन का यह टुकड़ा कितना सुन्दर दिखायी पड़ रहा है। अपने आप उग आने वाली हरी-भरी घास, ईंटों-रोड़ों के ऊबड़-खाबड़ ढेर, काँटेदार झाड़ियाँ पानी की बूँदों की चादर में सोयी-सी दिख रही हैं। इन सबकी अपनी ही सुन्दरता है। अलगो अलग..."

"जी!" रामबाबू सुरेश की आपबीती सुनने के लिए बेचैन थे जो एक दिन पहले किसी के आ जाने से अधूरी रह गयी थी।

"रामबाबू!" सुरेश ने कहना आरम्भ किया, "शायद बहुतों के लिए यह बात असम्भव मालूम हो, लेकिन मेरे विचार से यह असम्भव नहीं कि कभी-कभी नौजवानी की साधारण-सी घटना समस्त जीवन पर छा जाती है। यही उमा के मामलें में हुआ. ..यद्यपि मैंने उस दर्द को दबा डाला था लेकिन उसकी याद मेरे हृदय की गहराइयों में सदा जीवित रही। कह नहीं सकता कि कल मैंने आपको यह कहानी क्यों सुनानी शुरू कर दी..."

"जी...हम कल यहाँ तक पहुँचे थे जब कि श्रीमती सक्सेना ने उमा को पत्र लिखा और आपने अपने भाई साहब पर अपने मन का भेद प्रकट करने का निश्चय कर लिया।"

''ठीक...जब मैंने भाई साहब से सारी बात कह दी तो बिलकुल आशा के विपरीत वह मेरी सहायता करने को तैयार हो गये।''

''फिर तो आपका काम बन जाना चाहिए था।''

''ठीक है, लेकिन अगर कहीं ऐसा हो जाता तो आज आपके सामने दमे के मारे हुए एक ऐसे व्यक्ति की सूरत न दिखायी देती जिसका दिल इतना कमजोर हो चुका है कि न जाने कब उसकी गति बन्द हो जाये।''

रामबाबू बोले, ''ऐसा न कहिये।''

''नहीं, आप यह न समझिये कि मैंने जान-बूझकर अपनी यह हालत बना ली है। शायद यह कर्मों का फल है क्योंकि जीवन में कुछ ऐसी घटनायें आ जाती हैं जिन पर हर सम्भव प्रयास के बावज़ूद काबू नहीं पाया जा सकता...तो फिर हुआ यह कि उधर उमा ने अपने चाचा तक यह बात पहुँचा दी और इधर हमारे भाई साहब ने स्वयं जाकर बातचीत की। लेकिन भई, वह जमाना भी आज से बहुत भिन्न था। कोई भी उपाय उमा के चाचा के निर्णय को न बदल सका। वह कहते थे कि बहुत देर के बाद यह बात मुझ पर जाहिर की गई है जबकि शादी में सिर्फ चार-छह दिन बाकी रह गयें हैं। भला अब क्या हो सकता है!''

इतने में चाय आ गयी। रामबाबू उदास हो गये। बोले, ''तो फिर आपको दूसरी लड़की से शादी करनी पड़ी होगी?''

''जी हाँ...फिर मैंने इस मामले में अपने आपको बिलकुल भाग्य के भरोसे छोड़ दिया और अपनी अनुभूतियों को मार डाला। दिल की कसक छिपाये रहा। आज आप पर यह भेद प्रकट किया है। मैं इसके लिए लाचार हो गया, भगवान जाने इसमें क्या भेद है! शायद मृत्यु निकट है इसलिए मन ने अपना बोझ उतार फेंकना उचित समझा।''

''ऐसा न कहिये...आख़िर दमा ही तो है। दमे के रोगी तो काफ़ी आयु पाकर मरते हैं।''

''मुझे इन बातों से कोई दिलचस्पी नहीं है।''

चाय के प्याले तैयार हुए और बारिश के शोर में उनकी बातचीत चलती रही।

सुरेश ने बताया, किस तरह उसके जीवन में आनन्द की हल्की-सी किरण उस समय दिखायी पड़ी जब उसके घर में एक बच्चे ने जन्म लिया।

''एक ही लड़का है न आपका?''

''जी हाँ। अब विलायत से डाक्टर बनकर आने वाला है। दो-चार दिन में पहुँच जायेगा। उसकी माँ उसके बचपन में ही मर गयी थी। मैंने ही उसे पाला-पोसा। रामबाबू, मैंने उत्तर भारत बिलकुल छोड़ दिया। वहाँ की हर याद को दिल से नोंचकर फेंक दिया। उमा को न कभी मैंने खत लिखा, न यह जानने की चेष्टा की कि वह जीवित है या मर गयी।''

"और आपके भाई साहब?"

"वह तो आज से दस वर्ष पूर्व ही मर गये थे। भई, एक युग बीत गया। हिसाब लगाइये तो उस घटना को चौबीस वर्ष हो चुके हैं। चौथाई शताब्दी। भाई साहब की मृत्यु के बाद उनके लड़कों ने दूकान का काम सम्हाल लिया था। मैं अपने हिस्से का रुपया लेकर इस ओर चला आया। फिर पलटकर वहाँ नहीं गया।"

यह कहकर सुरेश चुप हो गया। मूसलाधार वर्षा हो रही थी। अँधेरा बढ़ता जा रहा था।

कई क्षण तक मौन छाया रहा। फिर सुरेश ने उखड़े-उखड़े शब्दों में कहा, "मुझे मसूरी में उमा से पहली मुलाक़ात अच्छी तरह याद है, जैसे कल की बात हो। ओफ! उसके होंठ कितने ठण्डे थे। मैं उनमें कभी गर्मी न पैदा कर सका।"

17

रोते ही रोते टूट गया रिश्ता-ए-हयात
पर आँसुओं का तार न टूटा किसी तरह

जिस दिन सुरेश का लड़का कमल बम्बई आने वाला था, उस दिन रामबाबू उससे मिलने के लिए हवाई अड्डे पर जा पहुँचे। जब हवाई जहाज नीचे उतरा तो वह भी अन्य लोगों के साथ आगे बढ़े।

उन्होंने कमल को पहले कभी नहीं देखा था क्योंकि कमल के विलायत जाने के बाद ही उनकी दोस्ती सुरेश से हुई। अलबत्ता उन्होंने कमल के अनेक फोटो अवश्य देखे थे जो उसने विलायत से खिंचवाकर बाप को भेजे थे। इसलिए जब कमल हवाई जहाज से उतरा तो रामबाबू को उसे पहचानने में कोई कठिनाई नहीं हुई।

मझला कद, निख़रे हुए रंग का गोल चेहरा, घने बाल जिनमें सुनहरी धूल-सी झलकती थी। अपने बाप की तरह उसकी आँखों में भी विचित्र-सा आकर्षण था। उसकी आँखें बड़ी नहीं थीं लेकिन उनमें ध्यान योग्य वह उदासी थी, जो हमेशा झलकती दिखायी देती थी।

रामबाबू ने बढ़कर कमल का हाथ थाम लिया। कमल की जिज्ञासु आँखें अपने पिता को खोज रही थीं। लेकिन सुरेश का कहीं पता नहीं था। रामबाबू को देखकर उसे तनिक आश्चर्य अवश्य हुआ लेकिन उसने अपने इस भाव को प्रकट नहीं होने दिया। इसके पहले कि वह कोई बात कहना, रामबाबू ने उसका हाथ नर्मी से दबाते हुए कहा, "बेटा, तुम मुझे नहीं जानते। मेरा नाम रामबाबू है।"

"जी, जी—नमस्कार। पिता जी प्रायः अपने पत्रों में आपका जिक्र किया करते थे। कहिये, मिज़ाब कैसे हैं?"

"ठीक हैं, जीते रहो, बेटा। आओ चलें, मैं तुम्हें लेने आया हूँ।"

कमल ने फिर इधर-उधर देखा और बोला, "पिता जी नहीं आये?"

रामबाबू ने आँख मिलाये बिना उत्तर दिया, "नहीं।"

"क्या उनकी तबीयत ख़राब है?"

कुली ने सामान उठाकर टैक्सी में रख दिया। कमल को अपने प्रश्न का कुछ उत्तर नहीं मिला था। वह समझा, शायद रामबाबू जरा ऊँचा सुनते हैं। इसलिए टैक्सी में बैठते ही उसने फिर अपना प्रश्न दोहराया, "पिता जी की तबीयत अधिक ख़राब तो नहीं है?"

इस पर रामबाबू ने निगाह उठाकर कमल की ओर देखा। रामबाबू की आँखों के कोनों की झुर्रियाँ और गहरी हो गयीं और कुछ क्षणों तक उनके मुँह से बात तक नहीं निकल सकी। अन्त में बड़ी कठिनाई से वह बोले, "बेटा! मुझे क्षमा कर देना। यहाँ पहुँचते ही तुमको मेरी जबानी बुरी ख़बर सुननी पड़ रही है।"

कमल के चौड़े माथे पर बल पड़ गये।

"तुम्हारे पिता जी का स्वर्गवास हो गया।

"कब?" कमल ने लगभग चिल्लाकर पूछा।

"परसों शाम के समय उनका हार्ट फेल हो गया।"

"ओफ!" यह कहते-कहते कमल का सिर झुक गया। रामबाबू ने उसके कन्धे पर हाथ रख दिया। जब टैक्सी उनके मकान के फाटक पर पहुँची तो कमल उससे उतरकर फाटक पर ही खड़ा हो गया।

वह सामने बरामदे की ओर देख रहा था जहाँ उसके पिता जी बैठे रहते थे। वह लम्बे समय से दमे के रोगी थे। वर्षों से वह बलगम थूक रहे थे, लेकिन किसे मालूम था कि बेटे के आने से एक ही दिन पहले उनकी मृत्यु हो जायेगी।

वे दोनों भारी कदमों से मकान की ओर बढ़ रहे थे। रामबाबू भर्राये हुए स्वर में बोले, "वह रहा तख़्त जिस पर सुरेश बाबू बैठे रहते थे। हमारी शायद एक भी मुलाक़ात ऐसी नहीं हुई जिसमें उन्होंने तुम्हारा जिक्र न किया हो। मुझे तो ऐसा लगता है कि वह तुम्हारी याद में ही जी रहे थे। वह कहते, रामबाबू! मैंने अपनी सारी पूँजी अपने बेटे की शिक्षा पर खर्च कर दी है। जब मैं जिन्दगी पर नज़र डालता हूँ तो अपने आपको एक असफल और निराश व्यक्ति पाता हूँ। मैं अपनी इच्छा के अनुसार शिक्षा नहीं प्राप्त कर सका, लेकिन मैंने अपने बेटे को शिक्षा दिलाने में कोई कसर नहीं उठा रखी। परमात्मा उसे जीवन के अन्य क्षेत्रों में भी सफलता प्रदान करे। काश, वह तुम्हें अपनी आँखों से देख सकते। अवश्य ही तुम इतने वर्षों में बहुत कुछ बदल गये होगे। तुम्हें देखकर उन्हें कितनी ख़ुशी होती।"

आगे घर का पुराना नौकर खड़ा था। कमल को देखकर उसकी आँखों से आँसू निकल पड़े। रामबाबू ने बढ़कर टोका, "देखो! इतने दिनों के बाद कमल घर आया है, रोना ठीक नहीं।"

नौकर ने अँगोछे से आँसू पोंछ डाले।

तनिक मौन के बाद कमल ने बरामदे में पड़े तख़्त पर बैठते हुए कहा, "शम्भू, यह क्या हो गया?"

शम्भू फिर सिसकियाँ भरने लगा।

"मेरे आने तक तो उन्हें रोके रखा होता, शम्भू!"

"साहब, वह बिलकुल ठीक-ठाक थे। अच्छी तरह खाते-पीते, चलते-फिरते। वही कभी खाँसी का दौरा उठता तब थोड़ी देर को बेदम-से हो जाते थे। लेकिन भगवान जाने उनको क्या हो गया।"

"क्या तुम उनके पास ही थे उस समय?"

"हाँ जी।"

"क्या उन्होंने किसी कष्ट के बारे में बताया?"

"जी, नहीं। कोई बात नहीं हुई ऐसी। शाम को रामबाबू आये। रोज़ की तरह उन्होंने चाय पी, बातें करते रहे, हँसते-बोलते रहे। मुझसे हँसकर बोले कि अब तेरे बाबू विलायत से आने वाले हैं। अब तो तुझे उनकी सेवा करनी होगी। मैंने कहा, मैं आप दोनों की सेवा करूँगा। इस पर वह देर तक हँसते रहे। याद है न, रामबाबू! यहाँ तक कि हँसते-हँसते उनकी आँखों में पानी भर आया। बोले, अरे शम्भू! अब तुम उनकी ही सेवा करना। हम तो नदी किनारे के पेड़ हैं, न जाने कब बह जायें।—पर कौन जानता था कि किसे मालूम था..." यह कहते-कहते शम्भू की आवाज भर्रा गयी।

आधा घण्टे तक वे बैठे सुरेश की ही बातें करते रहे। फिर रामबाबू ने कहा, बेटा! तुम्हारे पिता ने जीवन में बहुत दुःख पाया। लेकिन अज़ीब आदमी थे। वह सतयुग के पुरुष थे। न जाने कलयुग में कैसे जन्म ले लिया उन्होंने। धुन के पक्के थे। तुम सब बातें न जान सकोगे। पर मैं उनका दोस्त था। उन्होंने मुझे सब कुछ बता दिया था। उनके दिल की गहराइयों में उतरे हुए दुःख उन्होंने मुझ पर प्रकट कर दिये थे। बेटा! तुम्हारी आँखों को देखकर उनकी आँखों की याद ताजा हो जाती है। इनमें वही गहरी उदासी झलकती है। यह उदासी प्यारी भी लगती है लेकिन इससे मुझे डर भी महसूस होता है। परमात्मा तुम्हें सदा सुखी रखे। अच्छा बेटा, अब तुम हमारे यहाँ चलो। नाश्ता कर लो।"

कमल तख़्त से उठ खड़ा हुआ और बोला, "नहीं बाबू जी, इस समय मुझे क्षमा कर दीजिये। मेरा जी ठिकाने नहीं है।"

रामबाबू ने तनिक हिचकिचाते हुए कहा, "बेटा! थोड़ा-सा नाश्ता कर लेते तो अच्छा होता।"

"मैं आपकी बात नहीं टाल सकता। आप इतना कह रहे हैं तो शाम को हम चाय साथ पी लेंगे।"

रामबाबू थोड़ी देर तक रुके रहे, फिर बोले, "अच्छा बेटा! अब मैं चलता हूँ। मुझे दफ़्तर जाना है। जैसे-जैसे लोगों को तुम्हारे आने की ख़बर मिलेगी, वे शोक प्रकट करने के लिए आते जायेंगे। लेकिन दिन में तो इक्का-दुक्का लोग ही आयेंगे, क्योंकि सब अपने धन्धे में लगे होंगे।"

"जी।"

"आज दिन में अपने पिता के सब कागजात आदि भी देख डालो। बैंक में उनका कुछ रुपया भी है। इसके अतिरिक्त उन्होंने बीमा भी करा रखा था। इन सब कागजों को छाँटकर सम्हाल रखो और उचित कार्यवाही करो। बेटा, बड़ा दुःख होता है तुम्हारी हालत देखकर। लेकिन यह दुनिया है..."

रामबाबू की आवाज़ भर्रा गयी और उन्होंने एक बार फिर कमल के कन्धे पर हाथ रखा और चलते-चलते शम्भू को इशारे से समझा गये कि बाबू को कुछ खिला-पिला देना, खाली पेट रहना ठीक नहीं।

18

एक जा हर्फ़े-वफ़ा लिखा था वह भी मिट गया

अपने घर आये कमल को एक सप्ताह हो चुका था। पिता की अचानक मृत्यु से उसके हृदय को तीव्र धक्का लगा था। दोनों को एक-दूसरे से अत्यधिक प्रेम था। एक ओर पिता के मन में यह बात जमी थी कि जो कुछ वह अपने जीवन में नहीं पा सका, वह उसका बेटा पा लेगा और इस प्रकार उसके दुःखों में कुछ कमी हो सकेगी। दूसरी ओर बेटे के मन में अपने पिता को अधिक से अधिक आराम पहुँचाने की कामना थी।

इन सात दिनों में उसने सारे आवश्यक कागज़ात छान मारे। सिर्फ लकड़ी का एक छोटा-सा बक्स अभी तक बन्द पड़ा था। जरूरी कागज़ात तो उसे बाहर मिल गये थे, उसने उस ताला लगे बक्स को खोलने का साहस नहीं किया था क्योंकि उसके ढक्कन पर कागज की एक चिट लगी थी जिस पर लिखा था—"व्यक्तिगत।"

पिछले कई दिनों से वह विचित्र असमंजस में पड़ा था। आरम्भ से ही यह बक्स उसके लिए पहेली बना हुआ था। मकान के सब कमरों में से एक में ताला लगा था और उसकी चाबी नहीं मिलती थी। उसने शम्भू से उस कमरे के बारे में पूछा तो ज्ञात हुआ कि पिता जी स्वयं उस कमरे में बैठा करते थे और उसे कभी अन्दर जाने का संयोग नहीं हुआ था। उसकी सफाई भी वह स्वयं ही किया करते थे।

ये बातें सुनकर कमल को और आश्चर्य हुआ। आख़िर उससे न रहा गया और उसने कमरे का ताला तोड़ दिया। शम्भू उस समय घर नहीं था। पर उसने इत्मीनान से दरवाज़ा खोला और दहलीज़ पर खड़ा होकर कमरे का निरीक्षण करने लगा।

कमरे में कोई असाधारण बात नहीं दिखायी पड़ी। वह खाली-खाली दिखायी देता था। न फर्नीचर, न कोई तसवीर, न दरी, न पलंग। अलबत्ता छोटी-सी खिड़की के पास एक तख़्त बिछा था जिस पर आदमी आराम से बैठ सकता था। तख़्त के पास एक डैक्स था। उसका ढक्कन खुला था। नीचे फर्श पर अनेक कागज़ों के टुकड़े पड़े थे। लगता था कि उन्हें कुछ ही दिन पहले फाड़ा गया था।

इसके अतिरिक्त और कोई चीज़ नहीं दिखी। कमल को बड़ा आश्चर्य था कि आख़िर ऐसी कौन-सी रहस्यपूर्ण चीज़ थी जिसको छिपाने के लिए उसके पिता ने कमरे को इतनी सावधानी से बन्द कर रखा था। चारों ओर दृष्टि दौड़ाकर वह लौटा। उसने सोचा, हो सकता है कि इस कमरे से पिता जी को कोई हार्दिक लगाव हो। जब वह दरवाजे से निकलकर कुण्डी लगाने लगा तो उसकी दृष्टि तख़्त के नीचे गयी। उसे कुछ सन्देह हुआ तो फिर अन्दर गया। तख़्त के नीचे झाँका तो वही लकड़ी का बक्स पड़ा था।

बक्स भी रहस्यपूर्ण प्रतीत होता था। उसने इतने दिन तक उसे खोलने का साहस नहीं किया लेकिन अब प्रश्न यह था कि उसे इस तरह बन्द रहने दिया जाये या नष्ट कर दिया जाये। दोनों बातें अनुचित-सी लगती थीं। अन्त में भी काफी सोच-विचार के बाद उसने बक्स को खोलने का निश्चय कर लिया।

एक दिन सुबह एक प्याला चाय पीकर वह फिर उसी छोटे कमरे में पहुँचा। अन्दर से दरवाजा बन्द करके वह तख्त पर बैठ गया। उसने बक्स का ताला तोड़कर धड़कते हुए हृदय से ढक्कन उठाया तो देखा कि सादे लिफाफे और दो-तीन राइटिंग-पैड पड़े थे जिनमें प्रत्येक में से कुछ पन्ने फाड़ लिए गये थे। इसके अतिरिक्त पिनें, निब और इसी प्रकार की कुछ चीज़ें पड़ी थीं। यह बात और भी रहस्यपूर्ण लगी। कमल उँगलियों और अँगूठे से अपनी ठुड्डी खुजाने लगा। इसी बीच कुछ कोरे कागज़ों के पुलन्दे के नीचे उसे बड़े आकार की एक पुरानी नोटबुक दिखायी पड़ी। उसने उसे खोला तो जिल्द के भीतर की ओर लिखा था–

"मैं तुम्हें प्यार करता हूँ।"

"मैं तुम्हें प्यार करता हूँ।" कमल ने मन ही मन दोहराया, "लेकिन किसे?"

उसने ध्यान से देखा। बहुत कोशिश की परन्तु नाम नहीं पढ़ा जा सकता था। वहाँ से जिल्द का कोना मुड़-तुड़ गया था और कुछ समझ में नहीं आता था कि क्या नाम लिखा है। इतना पढ़ लेने के बाद कमल को उस रहस्य का कुछ-कुछ अनुभव हो गया। उसने पहले सरसरी नज़र से नोटबुक ने पन्नों को उलट-पुलटकर देखा। एक जगह लिखा था–"तुम कितनी दूर हो!"

दूसरी जगह लिखा था–"मैं क्या हूँ?–सिर्फ तुम्हारी याद।"

एक और जगह लिखा था–"कभी-कभी मैं बहुत हैरान हो जाता हूँ कि इतने कष्ट और इतने दर्द में डूबकर मैं जीवित कैसे रह रहा हूँ।"

एक अन्य पृष्ठ पर लिखा था—

"तुम्हारी याद न मरने दे, न जीने दे।"

साराँश यह कि इसी प्रकार प्रत्येक पृष्ठ पर कुछ छोटे और कुछ लम्बे वाक्य लिखे थे जिन्हें शायद वह पढ़ डालता कि इतने में दरवाज़ा खटखटाने की आवाज़ आयी।

"क्या है, शम्भू?"

"रामबाबू आये हैं। बाहर बैठे हैं।"

"कहो, आता हूँ।"

नोटबुक को सम्हालकर वह बाहर निकला तो देखा कि शम्भू अभी बाहर खड़ा था। उसे बड़ा आश्चर्य हुआ। उसकी आँखें जब शम्भू की आँखों से मिलीं तो उसने देखा कि शम्भू के चेहरे पर अजीब उदासी झलक रही है। उसने कहा, "अरे शम्भू! तुम यहाँ खड़े मेरा मुँह क्या देख रहे हो! जाकर रामबाबू से कहा क्यों नहीं कि मैं आ रहा हूँ।"

तनिक रुककर शम्भू ने कहा, "कमल बेटा, यह तुझको क्या हो गया? पहले तुम्हारे पिता जी इस कमरे में घुसे रहते थे, अब तुम घुसे रहते हो। आख़िर इसमें भेद क्या है?"

कमल ने उसके कन्धे पर हाथ रखकर हँसते हुए कहा, "अरे! भेदवेद कुछ नहीं। जाओ, कमरा साफ़ कर दो। वहाँ कुछ है भी! मेरे विचार से पिता जी वहाँ चुपचाप बैठकर पूजा करते रहे होंगे।"

यह कहकर वह बाहर निकला और रामबाबू को देखकर नमस्ते की।

"ख़ुश रहो, बेटा!" रामबाबू ने जवाब दिया।

"क्षमा कीजिये, मुझे कुछ देर हो गयी।"

"कोई हरज़ नहीं, बेटा। आज इतवार है। मुझे दफ़्तर तो जाना नहीं है। मैं तो स्वयं अधिक से अधिक समय तुम्हारे साथ बिताना चाहता हूँ।"

"आपकी कृपा है। मुझे आशा है कि जिस समय मेरा सन्देश आपको मिला होगा उस समय आपने चाय नहीं पी होगी।"

"नहीं। और फिर तुमने लिखा था कि मेरे साथ चाय पीजिये तो फिर भला इससे बढ़कर ख़ुशी की क्या बात हो सकती है।"

"शम्भू बस चाय लेकर आता ही होगा। आप आराम से बैठिये।"

"मैं बड़े आराम से हूँ। हाँ बेटा, तुमने जो लिखा था कि आवश्यक कार्य भी है तो पहले वह काम बता दो नहीं तो मुझे चाय पीने में मजा नहीं आयेगा।"

"ओह, बात यह है कि मैं आपसे एक सलाह लेना चाहता था।

"सलाह? हाँ, बेटा, बोलो, मैं हर तरह से हाजिर हूँ।"

"बात यह है कि मैं यह मकान बेंच डालना चाहता हूँ।"

रामबाबू आश्चर्य से पीछे की ओर हट गये। "मकान बेचना चाहते हो?"

"जी।"

"तो क्या तुम यहाँ नहीं रहोगे?"

"जी नहीं, मैं यहाँ से चला जाऊँगा—हमेशा के लिए।"

रामबाबू ने कमल के नौजवान चेहरे और उसकी अपने पिता से इतनी मिलती-जुलती हुई आँखों की ओर देखा ओर बोले, "बेटा! शायद तुम्हें विश्वास न आये, मुझे तुमसे बड़ा स्नेह हो गया है। तुम मेरे मित्र की अमानत हो। मुझे तुम्हारे विषय में डर लगता है। तुम्हारी आँखों में वही तुम्हारे बाप वाली निराशा है। एक गहरी, बहुत गहरी उदासी उनकी आँखों में भी झलकती थी।"

"ठीक है। मैं आपका हृदय से कृतज्ञ हूँ। लेकिन पिता जी के बिना मैं इस घर में बिलकुल नहीं रह सकता। मैं अवश्य चला जाऊँगा। मैंने इस बात का दृढ़ निश्चय कर लिया है।"

19

ये परी चेहरा लोग कैसे हैं

गुड़गाँव दिल्ली के निकट एक कस्बे का नाम है। यहीं पर कमल के मित्र प्रकाश के पिता का तम्बाकू का काम होता था। वास्तव में यह उनका खानदानी व्यवसाय है। प्रकाश के दादा और पिता आदि इतना अधिक रुपया कमाने पर भी कुर्ते और धोती से आगे नहीं बढ़े। लेकिन ज़माने की हवा के साथ ही उनकी सन्तान के स्वभाव में परिवर्तन हुआ। प्रकाश अपने भाई-बहनों में सबसे बड़ा था। उसी के कारण घर में नई रोशनी ने स्थान पाया। बूढ़े दादा और पिता ने पहले तो इसका बड़ा विरोध किया लेकिन जब प्रकाश दूसरे महायुद्ध में सेना में प्रविष्ट हो गया और फौजी वर्दी डाटे कैप्टेन बनकर आया तब उस समय उसके पिता जिन्हें सब लाला कहते थे, तम्बाकू से दुर्गन्धित बहीखाता खोले बैठै थे। जब अचानक एक वर्दीधारी और रोबदार अफ़सर को उन्होंने दूकान के सामने खड़े पाया तो वह घबरा गये कि अवश्य ही उनकी चोरबाज़ारी की पोल खुल गयी है और उनकी गिरफ्तारी के वारण्ट आ गये हैं। उनके हाथ-पाँव फूल गये। लेकिन जब अफ़सर ने हाथ जोड़कर कहा, "लाला जी, प्रणाम!" तो लाला उछलकर जमीन से एक फुट ऊँचे हो गये और फिर हमेशा के लिए वहीं टँगकर रह गये। इसके बाद प्रकाश की फर्माइश मानो शाही फर्मान था। यदि प्रकाश कहता कि चाय ट्रे में सजकर आनी चाहिए तो बड़े या छोटा लाला को यह नहीं महसूस होता कि उनका पौत्र या पुत्र बोल रहा है अपितु उन्हें प्रतीत होता था मानो स्वयं सरकार बोल रही है।

प्रकाश के आने से लाला जी के घर में एक क्रान्ति-सी आ गयी। ट्रें के बिना किसी को चाय अच्छी न लगती। भोजन के बाद "फ्रूट साल्ट" लिए बिना किसी का भोजन

न पचता था। मामूली सिरदर्द या जुकाम का सन्देह होने पर एस्प्रो, सॉरीडॉन आदि का प्रयोग होने लगा। काले नमक का चूर्ण और अमृताँजन घर से एक सिरे से गायब ही हो गये।

कैप्टेन प्रकाश घर में कमाकर कुछ नहीं लाता था अपितु छुट्टी पर आता तो उल्टे घर से ही रुपया माँगता जो उसे बड़ी ख़ुशी से दे दिया जाता। रुपये की वहाँ कमी ही क्या थी? अब तो लाला की यह इच्छा भी नहीं थी कि बेटा उन्हें कमाकर दे। इतना अवश्य था कि जब कैप्टेन बेटा घर आता तो लाला उसको साथ लेकर बाज़ार का एक चक्कर अवश्य लगाते। बाज़ार जाते तो उनकी सूरत देखने योग्य होती। आगे-आगे उनकी तोंद, पीछे-पीछे वह स्वयं, बगल में वर्दी पहने हुए बेटा। लाला की बाँछें खिली रहतीं और दोनों गालों की गोलाइयाँ उभर आतीं मानो उन्होंने गालों में मोतीचूर के लड्डू दबा रखे हों।

बेटे के संकेत पर उन्होंने कस्बे से बाहर एक कोठीनुमा मकान बनवा डाला। उसके आसपास काफ़ी अहाता, फूलों की क्यारियों और खेल के लिए लॉन छोड़ दिया गया। उसका नाम ''प्रकाश विला'' रखा गया।

उधर गुड़गाँव के निकट कुछ फ़ौजियों के कवार्टर भी तैयार हो गये। वहाँ से भी कुछ फौजी अफ़सर इनके यहाँ आने-जाने लगे। प्रकाश का छोटा भाई एम. मोने पढ़ने-लिखने में नालायक लेकिन ''यस'', ''नो'', ''सॉरी'' कहने और सूट पहनने में बड़ा उस्ताद था। उसने अपनी छोटी बहनों, माला और कला, जिनकी आयु क्रमशः चौदह और सोलह वर्ष थी को भी इस कला में निपुण बना दिया था रहे प्रकाश के पिता और उनके पिता अर्थात् छोटे लाला और बड़े लाला तो उनके कपड़ों और शरीर से तम्बाकू की गन्ध ही नहीं जाती थी। इसलिए वे तो ज्यों के त्यों रहे। अलबत्ता चार बच्चों की माँ अर्थात् ललाइन ने फुरहरी ली और सबकी महफ़िल में ताली मारकर हँसना सीख गयी। शाम होती तो उधर लाला दूकान की अँधेरी कोठरी में दीये की लौ में बहीखातों से आँखें फोड़ते, इधर ललाइन बड़ी शानदार बत्तख की तरह सज-धजकर लॉन में आ बैठती। एम. मोने के फौजी या गैर-फौजी लेकिन प्रतिष्ठित मित्र भी आ निकलते। चाय या कॉफ़ी का दौर चलता, बैडमिण्टन खेला जाता और ऐसे मौक़े पर यदि कहीं लाला आ निकलते तो वह सहमकर सबसे अलग जा बैठ जाते। इस डर से कि कहीं सभ्यता के विरुद्ध उनसे कोई बात न हो जाये और लोग मजाक उड़ायें कि बेटा कैप्टेन हो गया और बाप को चाय के प्याले में चम्मच हिलानी भी नहीं आती।

एम. मोने के नाम का रहस्य यह था कि ललाइन उसे ''मेरा मुन्ना'' कहा करती थी। ''मुन्ना'' का उसने ''मोने'' बना दिया और ''मेरा'' उड़ाकर उसकी जगह केवल ''एम'' रहने दिया। उन सब में व्यक्तित्व तो बड़े भाई का अच्छा था, बाक़ी एम. मोने बिलकुल फ़ाख़्ता की दुम और मिस माला तथा कला बिलकुल घोंचू। रही ललाइन तो उनकी हरक़त ढीली, हर चूल चरकचूँ। लेकिन उन सब पर ऐसा रोगन फिर गया कि

असल और नकल में भेद नहीं हो सकता था। बात-बात में बायरन और शेक्सपियर के हवाले दिये जाते थे। इसमें सन्देह नहीं कि वे सच्चे तक दिल से नयी सभ्यता को अपनाना चाहते थे और इसमें बड़ी हद सफल भी वे हो रहे थे।

आजकल प्रकाश आया हुआ था।

जिन दिनों प्रकाश घर पर होता नौजवानों के पौ बारह होते। वे बात-बात में बड़ों को टोकते, "ओ ममी, काँटा दायें हाथ में नहीं, बायें हाथ में रखा जाता है।"

मजा यह था कि बच्चे लाला को भी "डैडी" कहते। लाला फूले न समाते। एकान्त में वह आइने के सामने खड़े होकर घूर-घूरकर अपनी सूरत देखते, फिर अचानक मुसकराकर कहते, "डैडी!" और फिर स्वयं ही अपने-आप से लिपट जाते।

अब की प्रकाश आया तो एक नया समाचार लाया कि उसका एक पुराना मित्र कमल उनके यहाँ आ रहा है।

उसने घरवालों के सामने मेज पर बैठते हुए ऐसे बोलना शुरू किया मानो वह विश्वविद्यालय का प्राध्यापक हो और बाक़ी लोग उसके अनुभवहीन शिष्य।

"बेचारे कमल के डैडी मर गये। उसने मुझे पत्र लिखा। मैंने कण्डोलेन्स (शोक) की चिट्ठी लिखी तो यह राय दी कि भई अब वहाँ अकेले क्या करोगे..."

ललाइन बोली, "तो उसका माता जी भी जीवित नहीं हैं?"

इस पर एम.मोने ने टोका, "ममी कहिये न, ममी। माता जी क्या होता है?"

ललाइन ने अपनी भूल स्वीकार की, "हाँ, ममी।"

प्रकाश ने उत्तर दिया, "उसकी मगी तो कभी की मर चुकी है।"

यह सुनकर ललाइन के शरीर में झुरझुरी-सी उत्पन्न हुई और उन्होंने भयभीत दृष्टि से बच्चों के डैडी की ओर देखा। डैडी ऐसे गहरे भावों को समझने में असमर्थ थे अतः वह बहुत शर्माये।

माला ने पूछा, "क्या उनकी शादी भी नहीं हुई?"

"नहीं।"

कला ने पूछा, "मंगनी?"

"नहीं।"

इस पर दोनों बहनों को अपनी-अपनी सीटें बहुत गर्म मालूम हुईं और वे उठकर दूसरी कुर्सियों पर बैठ गयीं।

एम.मोने ने कुछ पूछना जरूरी समझा, "उनकी सूरत कैसी है?" "हैण्डसम (सुन्दर)।"

फिर तनिक रुककर प्रकाश ने कहा, "लेकिन यह सबको मालूम होना चाहिए कि वह छह साल विलायत में रहने के बाद लौटा है।"

अब सब लोग अवाक् रह गये, मानो बहुत कड़ी परीक्षा का सामना होने वाला हो।

20

ज़बाँ पे बारे खुदाया यह किसका नाम आया
कि मेरे नुत्क़ ने बोसे मेरी ज़बाँ के लिए

प्रकाश दो महीने की छुट्टी पर घर आया हुआ था। एक तो उसी के कारण बड़ी रौनक थी, दूसरे एक "विलायट-पलट" कमल उनके घर आने वाला था, इसलिए और चहल-पहल हो गयी थी।

उन्हें कमल का पत्र मिल चुका था कि उसने बम्बई छोड़ने का निश्चय कर लिया है। कुछ मामले तय करने बाक़ी थे, जिनके बाद वह तुरन्त उनके पास चला आयेगा, और तार द्वारा अपने आने की सूचना भी देगा।

एक शाम को जब वे लॉन में बैठे चाय पी रहे थे, कुछ बाहर के लोग भी जमा थे, तब एम.मोने एकदम उछल पड़ा, "ओह! टेलीग्राम!"

उसने फाटक से तार-घर के चपरासी को देख लिया था। यह टेलीग्राम उन्होंने एक नया शब्द सीखा था। उनके घर तार कभी नहीं आते, सिवाय वर्ष में एक बार के, जब प्रकाश को घर पहुँचना होता है।

भाई को चिल्लाते देखकर माला और कला के मुँह से भी एकदम निकल गया, "टेलीग्राम! टेलीग्राम!"

यह भी जैसे मानी हुई बात थी कि यदि टेलीग्राम आयेगा तो कमल ही का आयेगा। वैसे सरकार की ओर से प्रकाश के नाम भी तार आने की सम्भावना रहती थी लेकिन सौभाग्य से उस समय उन्हें निराशा नहीं हुई।

प्रकाश ने अत्यधिक गम्भीरता और रोब के साथ हस्ताक्षर करके तार खोला।

यद्यपि सब व्याकुल हो रहे थे, लेकिन प्रकाश के तौर-तरीकों की नकल करना जरूरी था। अतएव वे सब चुपचाप गम्भीर मुद्रा बनाये बैठे थे। प्रकाश को न जाने तार पढ़ने में इतनी देर क्यों लग रही हैं।"

"मिस्टर कमल आ रहे हैं?" सब ने एक स्वर में पूछा। यद्यपि उन्हें विश्वास था कि कमला ही का तार है।

प्रकाश ने सबको बड़ी गम्भीर दृष्टि से देखा, फिर बोला, "कल सुबह आठ बजे।"

अब सबने एक बार फिर नारा लगाया, "मिस्टर कमल आ रहे हैं। मिस्टर कमल आ रहे हैं।"

एम.मोने तो नाचने लगा।

इस तार के बाद घर के किसी आदमी के लिए आराम से बैठना मुश्किल हो गया, मानो कमल के आगमन की बात के अतिरिक्त वे कुछ सोच ही नहीं सकते थे। रात

के भोजन पर बीसों प्रकार के प्रश्न प्रकाश से पूछे गये, और प्रकाश ने प्रत्येक प्रश्न का उत्तर बड़े विस्तार से दिया और अन्त में उसने भाई-बहनों की ओर बड़े ध्यान से देखा। अपने चेहरे पर पूरी गम्भीरता उत्पन्न करके और उँगली उठाकर बोला, "लेकिन याद रखो, सबको बड़ी तमीज से बात करनी होगी। किसी बात से ओछापन नहीं प्रकट होना चाहिए। लिबास से लेकर छोटी-से-छोटी हरक़त तक का ख़याल रखना चाहिए। कमल यह न समझे कि हमारे कैप्टेन दोस्त की बहनें और भाई निरे देहाती हैं।"

बड़े भाई के इस फर्मान पर जिस तरह उसके भाई-बहनों ने अपना उत्तरदायित्व समझा वह दर्शनीय था। उसके सामने उनकी हैसियत बिलकुल ऐसी थी जैसे किसी विद्वान् गुरु के सामने नये शिष्यों की।

फिर प्रकाश ने नौकर को सम्बोधित कर कहा, "ओ बुद्धू, तू भी ध्यान से सुन ले। जब हम लोग गोल मेज पर भोजन के लिए बैठे हो तो याद रखना, जो चीज़ देनी हो बायें हाथ से देना। समझे?"

इस पर बुद्धू ने नकारात्मक और स्वीकारात्मक दोनों ढंग से सिर को बड़े जोर से हिलाया और बोला, "जी, समझ गया।"

प्रकाश ने पूछा, "क्या समझे?"

अब बुद्धू के हाथ-पाँव फूल गये। उसने आँखें सिकोड़ीं और नाक ऊपर को चढ़ायी। उसे इस संकट में देख माला ने चुपके-चुपके बायें बाज़ू पर हाथ मारकर इशारों में उसे समझाने का प्रयास किया।

बुद्धू ने माला के इशारों को बड़े ध्यान से देखा और अपनी समझ में उसने सब कुछ समझकर अपने दायें हाथ को बुरी तरह पीछे हटाकर और बायें हाथ को आगे बढ़ाकर उत्तर दिया "समझ गया, हुज़ूर! हर चीज़ बायें हाथ में पकड़कर मेज पर रखनी होगी।"

इस पर प्रकाश ने माथे पर हाथ मारा और सबके गले से विचित्र-सी आवाज़ निकलते निकलते रह गयी।

बुद्धू का जी चाहा कि वह वहाँ से भाग निकले और सीधा अपने गाँव चला जाये।

प्रकाश ने पहले फेफड़ों में ख़ूब हवा भरी और फिर उसे बड़े जोर से छोड़ते हुए कहा, "अरे बुद्धू, यह मतलब नहीं कि तुम बायें हाथ से प्लेट मेज पर रखो या दायें हाथ से बल्कि मतलब यह है कि खाने वाले के बायें हाथ खड़े होकर प्लेट रखो या उठाओ।"

और फिर उसने उठकर उदाहरण देकर बताया।

दूसरे दिन मुँह-अँधेरे माला और कला उठ खड़ी हुईं। उन्होंने माँ और एम.मोने को भी जगाया। सब लोग नहा-धोकर और मेकअप करके तैयार हो गये। उन्होंने एक प्याला चाय पीकर ही सन्तोष किया क्योंकि नाश्ते का प्रोग्राम तो कमल के साथ ही था।

स्टेशन से कस्बा लगभग एक मील पर है। अतएव वे लोग एक पुराने-से ताँगे पर लदकर समय से आधा घण्टा पहले ही स्टेशन जा पहुँचे। प्रकाश को अपनी वर्दी में और

एक प्रतिष्ठित परिवार के सदस्यों की घबराहट देख छोटे स्टेशन पर बड़ी हलचल मच गयी। वे लोग समझे अवश्य कोई बड़ा आदमी आने वाला है।

गाड़ी आने का सिगनल डाउन हो चुका था। इतने में छोटे लाला अपने बूढ़े बाप को दूकान की ओर रवाना करके हाँफते-हाँफते वहाँ आ पहुँचे।

गाड़ी स्टेशन में प्रविष्ट हुई तो सबके दिल धक्-धक् करने लगे। प्रकाश के अतिरिक्त सब लोग एक पंक्ति में खड़े थे। गाड़ी के आगमन पर उनमें खलबली-सी मच गयी थी लेकिन प्रकाश ने हाथ हिलाया तो सब शान्त हो फिर मूर्विवत् खड़े हो गये।

इसी बीच कमल सेकण्ड क्लास के डिब्बे के दरवाजे पर खड़ा दिखायी दिया। प्रकाश ने घूमकर सबकी ओर देखा और कहा, "वह रहे मिस्टर कमल।"

इस पर सबने दाँत निकालकर प्रसन्नता प्रकट की। लेकिन कोई ज़रा भी हिला-डुला नहीं क्योंकि बिना आज्ञा हिलना मना था।

गाड़ी रुकने पर प्रकाश हाथ फैलाये कमल के डिब्बे की ओर बढ़ा। कमल तुरन्त नीचे उतर आया और दोनों ने बड़े तपाक से हाथ मिलाये।

प्रकाश ने घूमकर देखा कि घरवालों की पंक्ति काफी दूर रह गयी थी। वह कमल को लेकर उधर आया और उसने बारी-बारी प्रत्येक का परिचय कराया।

"मीट माई सिस्टर माला।"

"भाई ब्रदर एम. मोने।"

"ममी।"

उधर कमल सबसे मिल रहा था, इधर प्रकाश ने देखा कि लाला जी ने धोती की जगह पाजामा पहन रखा है और उसका कमरबन्द नीचे लटककर झूल रहा था। इस पर उसने इशारे से बाप को समझाने का प्रयास किया लेकिन वह कुछ न समझे तो वह तुरन्त पिता और कमल के बीच खड़ा हो गया। बडी गम्भीर समस्या थी लेकिन सौभाग्य से एम.मोने असल मामला ताड़ गया और उसने बढ़कर बड़ी सफाई से लाला जी का लटकता हुआ कमरबन्द खोंस दिया। अब प्रकाश अत्यधिक फुर्ती से काम लेते हुए झपाक से उन दोनों के बीच से हटकर बोला, "और यह रहे डैडी।"

इस प्रकार अचानक एक-दूसरे को आमने-सामने पाकर "डैडी" और कमल के हाथों के तोते उड़ गये।

जब वे स्टेशन के फाटक से निकल रहे थे तो सामने से एक दोहरे बदन की प्रतिष्ठित महिला एक अधेड़ अवस्था के पुरुष के साथ आती दिखायी पड़ी, जिन्हें देखते ही प्रकाश ने झुककर नमस्कार किया।

महिला बोलीं, "कहो प्रकाश! सुबह-सुबह यहाँ कैसे?"

"यह मेरे दोस्त आये हैं इस गाड़ी से। मिस्टर कमल से मिलिये।" और कमल से बोला, "आप हैं उमा देवी...और आप मिस्टर त्रिपाठी।" फिर महिला से बोला, "और अपनी सुनाइये। आज सुबह ही सुबह हमारे चाचा और चाची कहाँ को?"

“अरे भई, देहरादून से कुसुम की एक सहेली ने कुछ फल भेजे हैं। हम इधर घूमने आये थे। सोचा, पार्सल छुड़ाते जायें।”

फिर वे विदा लेकर घर को चल दिये।

21

ज़रा देखकर अपना जवला दिखाना
सिमटकर यहीं आ न जाये ज़माना।

कमल बनावट-दिखावट और दूसरों में आत्महीनता का भाव उत्पन्न करने के उसूल से कोसों दूर था। यद्यपि उसे प्रकाश के घर आये तीन दिन हो चुके थे, फिर भी घर के किसी व्यक्ति ने यह महसूस नहीं किया कि वह कोई बड़ा आदमी है, यानी ऐसा बड़ा आदमी जिससे बात करने में उन्हें डर लगे। सब लोग समझे हुए थे कि जब कैप्टेन प्रकाश के ये तेवर हैं तो फिर उस युवक के तेवरों का क्या कहना जो विलायत में पूरे छह वर्ष बिताकर लौटा हो।

किन्तु कमल के बारे में ये धारणायें बिलकुल गलत सिद्ध हुई। उससे बात करना बिलकुल सरल कार्य था। लड़कियाँ डर रही थीं कि न जाने उनकी एक-एक बात में क्या-क्या दोष निकाले लेकिन उसके व्यवहार से ऐसा प्रकट होता था मानो उनमें कोई कमी ही नहीं थी। इसके साथ ही उसकी बातचीत और रहन-सहन से एक शान टपकती थी और घर के लोग अपने मन में उसके लिए एक गहरा आदर अनुभव करने लगे थे।

इसमें कोई सन्देह नहीं कि उसके आगमन से घर-भर में जीवन सभ्यता और संस्कृति की नयी लहर दौड़ गयी थी। वह स्वयं कुछ एकान्तप्रिय और कम बातचीत करने वाला था। लेकिन उसके मौन में देवताओं की-सी शान थी। अतः घर में जो उन लोगों का मिलने वाला आता उसे वे दूर ही से कमल की ओर संकेत करके कहते कि वह रहे हमारे कमल साहब। पास न आने का कारण यह था कि प्रकाश ने उन्हें कड़ा आदेश दे रखा था कि हर अपरिचित को कमल के पास ले जाना बदतमीजी की बात होगी। इसलिए उसे दूर ही से दिखा दिया जाता मानो वह भी कोई विचित्र जीव हो। और वास्तव में दूर ही से देखकर लोग खुश हो जाते।

मेहमान के स्वभाव और व्यवहार को ध्यान में रखते हुए उसके लिए एक अलग कमरा मकान के पिछवाड़े, जो बैडमिण्टन लॉन की ओर खुलता था, दे दिया गया।

घर का कोई व्यक्ति या नौकर बिना उसकी आज्ञा पाये उसके कमरे में न जाता। जब वह सुबह उठकर उस छोटे-से मैदान में हलका-फुलका व्यायाम करता तो लड़कियाँ उसे चुपके-चुपके देखतीं। यद्यपि किसी ने इस बात की ओर संकेत नहीं किया था कि माला या कला में से किसी को भी उससे सम्बन्ध की सम्भावना हो सकती है, फिर

भी दोनों लड़कियों की सज-धज में स्पष्ट अन्तर दिखने लगा था। मुश्किल यह थी कि वे दोनों बिलकुल साधारण सूरत की थीं। कमल से इन दोनों में से किसी एक का भी जोड़ नहीं था और वे उसकी ओर देखती भी इस प्रकार थीं मानो वह कोई महान् देवता हो जो एवरेस्ट से भी ऊँची किसी चोटी पर विराजमान हो। वे स्वप्न में भी आशा नहीं कर सकती थीं कि कमल उनमें से किसी की ओर आकृष्ट हो सकता है। फिर भी बन-ठनकर रहना नारी का स्वभाव है। इस बनी-ठनी हालत में यदि कभी वह क्षणभर के लिए उन्हें देख लेता तो वे परेशान हो जातीं।

शाम का समय था। नित्य-प्रति इस समय सब लोग मिल-जुलकर बैडमिण्टन खेलते थे लेकिन जुकाम की शिकायत के कारण कमल कमरे में ही घुसा रहा।

हाँ, लॉन से माला, कला, एम.मोने तथा अन्य खिलाड़ियों की आवाज़ें उसके कानों तक पहुँच रही थीं। इतने में किसी ने दरवाजा थपथपाया। कमल इस थपथपाहट को ख़ूब पहचानता था। उसने बालों पर हाथ फेरते हुए कहा, "कम इन, प्लीज!"

प्रकाश अपनी आदत के अनुसार बड़े धूम-धड़क्के के साथ अन्दर प्रविष्ट हुआ, "हलो कमल, हाऊ आर यू?"

"ठीक हूँ।"

"मुझे अभी-अभी मालूम हुआ कि तुम बैडमिण्टन नहीं खेल रहे हो। मैंने पूछा क्यों, तो पता चला कि साहब को जुकाम हो गया।"

"तुमको ठीक ख़बर मिली।"

"अरे भले आदमी! यूँ ही बाहर जा बैठते। लॉन में रौनक़ तो है।"

"भई, मूड नहीं बना आज।"

"बड़े मूडी हो तुम।"

कमल मुसकराकर चुप हो गया लेकिन प्रकाश के लिए चुप बैठना असम्भव था। "अच्छा, यह बताओ कि तुम्हारा प्रोग्राम क्या है?"

"बस, ज़ुकाम ठीक हो जाये तो फिर बैडमिण्टन शुरू कर दूँगा।"

"ओह, नहीं। मेरा मतलब यह नहीं है। मैं तो तुम्हारे काम के विषय में पूछ रहा हूँ।"

"ओह, अच्छा।"

"मैं यह जानना चाहता हूँ कि तुम्हारा प्रोग्राम क्या है?"

"भई, मैंने तो इस बात पर अभी तक कुछ ध्यान ही नहीं दिया।"

"कब गौर करोगे?"

"अभी तो मुझे कुछ सूझ ही नहीं रहा है। जब तक तुम्हारी छुट्टियाँ हैं उस समय तक तुम्हारी संगत में मैं अपने दुःख पर काबू पाने का प्रयास करूँगा। इसके बाद कुछ सोचूँगा।"

"कमल, मेरा घर तुम्हारा घर है। मैं तो चाहता हूँ कि अब तुम हमेशा ही इस घर में रहो।"

"यानी?"

"यानी यही कि तुम इसी जगह प्रैक्टिस शुरू कर दो।"

"यहाँ? अरे, नहीं।"

"क्यों?"

"बहुत छोटी जगह है।"

"देखो, छोटी जगह पर सफलता की गुँजाइश अधिक होती है।"

"तुम्हारा मतलब यह है कि दिल्ली जैसे शहर में मेरा कदम जमना असम्भव है।"

"नहीं-नहीं भई, तुम्हारे मामले में यह नहीं कहा जा सकता, क्योंकि तुम्हारी क्वालिफिकेशन मामूली नहीं है। असल बात तो यह है कि अभी तुम अकेले ही हो। क्या यह अच्छा न होगा कि तुम यहाँ हम सब के पास रहो। प्रैक्टिस तो तुरन्त चमक जायेगी। सच पूछो, यहाँ एक भी काम का डॉक्टर नहीं है।"

कमल को शायद यह बात पसन्द नहीं आयी। बोला, "भई, फिलहाल मेरा ऐसा इरादा नहीं है। तुम्हारे प्रेम और दोस्ती के लिए मैं बहुत कृतज्ञ हूँ। लेकिन इतनी छोटी जगह में चाहे मेरी प्रैक्टिस बहुत चमक भी जाये तो भी मेरा दिल नहीं लगेगा। हाँ, महीने दो-महीने की बात दूसरी है।

प्रकाश उसका मतलब समझ गया कि न यहाँ पर क्लब है, न सिनेमा, न बड़े-बड़े होटल, न ऊँची सोसायटी। उसने स्वयं अनुभव किया कि कमल से यह बात कहना ही उसकी मूर्खता थी। बोला, "अच्छा, तो मेरे विचार में दिल्ली का एकाध चक्कर लगाया जाये। क्योंकि बँटवारे के बाद आजकल जगह का मिलना भी बहुत ही मुश्किल होगा। लेकिन मेरे कुछ ऐसे सम्बन्ध हैं जिनसे आशा की जा सकती है कि काम बन जायेगा।"

"अच्छा।"

प्रकाश तो आरामकुर्सी पर लेट गया और कमल ने मुँह में सिगरेट दबाकर उसे जलाया और फिर कुछ बेचैनी से कमरे में टहलने लगा। कमरे में पूर्ण शान्ति थी, लेकिन अकस्मात् दरवाजा एक धमाके से खुला।

उन दोनों को आश्चर्य हुआ, क्योंकि इन तीन-चार दिनों में एक बार भी किसी को इस तरह दरवाज़ा खोलने की हिम्मत नहीं हुई थी।

दरवाज़ा खुलते ही एक लड़की झपाके से अन्दर प्रविष्ट हुई। उस समय कमल दरवाज़े की ओर ही बढ़ रहा था। उसे देखते ही लड़की के कदम रुक गये। उसके काले वालों की दो मोटी-मोटी चोटियाँ नागिनों की भाँति तड़पकर निश्चल हो गयी। उसके प्रसन्नतापूर्ण गोल मुखड़े की दशा एकदम बदल गयी। कमल और नवागन्तुका एक-दूसरे के सामने आ गये, बहुत निकट।

कुछ क्षणों की खामोशी के बाद लड़की के हाथ में पकड़े हुए रैकेट में जुम्बिश हुई तो मालूम हुआ कि मूर्ति में प्राण भी हैं।

लेकिन दोनों की निगाहें एक-दूसरे से उलझकर रह गयी।

प्रकाश असल मामला समझ गया। बोला, "भई, अब यह कला का कमरा नहीं रहा।"

लड़की सहमी हुई हिरणी की भाँति खड़ी थी। यह सुनते ही उसके मुँह से निकला, "ओह!" और फिर वह बिजली की-सी फुर्ती से दरवाज़े से बाहर निकल गयी।

"कौन थी यह? मैंने इसे पहले कभी नहीं देखा।"

"अरे भई, यह उन उमादेवी की बेटी है जो हमें स्टेशन पर मिली थीं।"

22

यूँ तो सब कुछ है तेरा हुस्न मगर मेरे लिए
चश्मे हैराँ लबे हैरत के सिवा कुछ भी नहीं।

प्रकाश और कमल दो बार दिल्ली हो आये थे। अफ़सरों से मिल-जुलकर दूकान के लिए कोशिश की लेकिन कोई उम्मीद नहीं बँधी। अलबत्ता एक दूकानदार से जो कि पाकिस्तान जा रहा था, दूकान के बारे में सीधे बातचीत हो रही थी। अभी वे लोग किसी नतीज़े पर नहीं पहुँचे थे। जिस दिन अन्तिम बातचीत के लिए उन्हें उस दूकानदार से मिलना था उसी दिन प्रकाश की तबीयत ख़राब हो गयी। कमल अकेला ही दिल्ली गया। जब वह दूकानदार से मिला तो पता चला कि वह अपनी दूकान सामान-सहित देना चाहता है। उसका सामान कमल के किसी काम में नहीं आ सकता था। प्रकाश ने उससे पहले ही कह रखा था कि अगर कोई ऐसी बात हुई तो उसे आशा थी वह दूकान के सामान के लिए कोई ग्राहक खोज सकेगा।

इस बार प्रकाश कमल के साथ नहीं था इसीलिए उसने दूकानदार से कहा कि वह उसके बारे में दो-तीन दिन के अन्दर-अन्दर निर्णय कर सकेगा।

कारोबारी बातचीत हो जाने के बाद कमल ने सारा दिन नई दिल्ली में ही बिताया। लंच अच्छे रेस्तराँ में खाया। उसके बाद एक अंग्रेज़ी फिल्म देखी और शाम की चाय स्टेशन के रेस्तराँ में पी।

आज के दिन का अधिकाँश समय सैर-सपाटे में ही बीता। चाय के बाद गाड़ी के विषय में पता लगाया तो ज्ञात हुआ कि गाड़ी तैयार खड़ी है, लेकिन उसके छूटने में अभी पचास मिनट बाक़ी हैं। कमल ने बुकस्टाल से कुछ पत्रिकाएँ खरीदीं और टिकट लेकर डिब्बे में जा बैठा। छोटी लाइन में प्रायः अधिक भीड़ नहीं होती, विशेषतः तीसरे दर्जे के ऊपर वाले डिब्बे में। यद्यपि कमल ने कोई विशेष ध्यान नहीं दिया, लेकिन

डिब्बे में उसके सामने की दो सीटों पर एक सेठ और सेठानी बैठे थे तथा उनके अनेक नीले-पीते बच्चों ने खलबली मचा रखी थी।

कमल लम्बी खाली सीट के कोने पर बैठ गया और इत्मीनान से पत्रिकाओं के पन्ने उलटने लगा।

इसी बीच बाथरूम का दरवाजा खुला और एक सुन्दर लड़की अन्दर से निकली और वह कुछ क्षण बाद कमल के पाँव की ओर सीट पर बैठ गयी।

कमल के चेहरे को एक बड़ा साप्ताहिक छिपाये था और उसने अनजाने में दोनों पाँव भी सीट पर रखे हुए थे जिनके तलुवे बड़ी गुस्ताखी से लड़की की ओर उठे हुए थे।

जब तक गार्ड ने गाड़ी को रवानगी की सीटी नहीं दी, कमल की तल्लीनता का यही हाल रहा। जब इंजिन के चलने से गाड़ी को धक्का लगा तो उसने पहलू बदलने की कुछ जरूरत महसूस की। इसी प्रयास में उसके चेहरे के आगे से पत्रिका एक ओर हट गयी और एकदम उन दोनों की निगाहें मिल गयी। लड़की पर इसकी जो प्रतिक्रिया हुई वह तनिक तीव्र थी क्योंकि कमल का चेहरा देखते ही लड़की ने सीट के सिर को एकदम मजबूती से पकड़ा, मानो वह उठकर भाग जाना चाहती हो। लेकिन गाड़ी चल चुकी थी। उधर कमल ने उचटती हुई दृष्टि से उसकी ओर देखा और फिर वह तनिक पहलू बदलकर पहले की तरह पत्रिका पढ़ने में लीन हो गया। एक बार फिर उन दोनों के बीच पत्रिका का पर्दा आ गया।

एक शिक्षित सभ्य मनुष्य के नाते कमल स्त्रियों की ओर घूर-घूरकर देखने का आदी नहीं था, लेकिन पढ़ते-पढ़ते एकाएक उसे इस बात का ध्यान आया कि उसने उस लड़की को कहीं देखा है।

उसे यह विचार बड़ा हास्यास्पद लगा। अनेक लड़कियों से बातचीत करने के मौक़े तो मिलते ही रहते थे। परन्तु यह लड़की उन लड़कियों में से नहीं थी। उसे बस यही लगता था कि वह इस लड़की की सूरत से परिचित था।

धीरे-धीरे उस सन्ध्या का चित्र उसकी आँखों के सामने घूम गया और फिर न जाने क्यों उसका हृदय जोर-जोर से धड़कने लगा। उसने धीरे-धीरे पत्रिका को चेहरे के आगे हटाया और चोर-दृष्टि से एक बार फिर उस चेहरे को देखा। लेकिन लड़की पहले ही से उसकी ओर देख रही थी। इधर उसने घबराकर फिर पत्रिका तुरन्त मुँह के आगे कर ली और उधर लड़की ने सिर झुका लिया। कमल ने सोचा, अब क्या करना चाहिए?

सबसे पहले तो उसने पत्रिका को एक ओर रख दिया और स्वयं खिड़की से बाहर की ओर देखने लगा। थोड़ी देर बाद उसने फिर कनखियों से युवती की ओर देखा।

लड़की भोंड़ेपन से दोनों टाँगें नीचे लटकाये बैठी थी, किन्तु इस सादगी में भी वह बड़ी प्यारी लग रही थी। उसके दोनों हाथ उसकी गोद में रखे थे। कनपटी के निकट से बालों की एक पट्टी खिंचकर बाक़ी बालों में जा मिली थी। एक ओर काले बालों

की घटा और दूसरी ओर चाँद की तरह दमकता हुआ उसका मुखड़ा। उसकी घनी पलकों के हलके साये उसके गालों के उभारों पर काँप रहे थे।

उसके पतले-पतले रसीले होंठ कुछ इस ढंग से अधखिले थे मानो वह प्रेम का कोई मधुर गीत गा रही हो। वह निश्चेष्ट बैठी थी, किन्तु न जाने उसका शरीर रुपहले पानी की तड़पती हुई लहर के समान क्यों दिख रहा था। सहसा उसने सिर को हिलाये बिना एक क्षण को चोर-दृष्टि से कमल की ओर देखा तो उसकी आँखों के दूधिया भाग एक चमकदार कटार की भाँति जगमगा उठे।

इसके बाद लड़की ने अनेक बार नीचे का हाथ ऊपर किया और ऊपर वाला नीचे रखा।

कमल ने अनुभव किया कि युवती उसकी निगाहों के भार को तीव्रता से अनुभव कर रही है। उसको इस प्रकार एकटक देखना कमल के लिए उचित नहीं था। पहले उसने ऐसा कभी नहीं किया था। अब भी उसे ऐसा नहीं करना चाहिए किन्तु जैसे यह उसके वश के बाहर की बात हो। माना उसके अन्दर ऐसी दुर्बलता आ गयी हो कि उसकी ओर से दृष्टि हटा लेने में वह असमर्थ हो गया।

आख़िर वह भी तो एक लड़की थी, जैसे दूसरी लड़कियाँ। वह सुन्दर थी, जैसे कि पहले भी वह कई सुन्दर युवतियों से मिल चुका था। क्या उसके चेहरे में कोई विशेष आकर्षण था? अवश्य था। लेकिन और युवतियों में भी किसी-किसी समय एक विशेष आकर्षण पाया गया था।

फिर यह क्या था?

लड़की ने उसकी ओर फिर सरसरी नज़र से भी नहीं देखा लेकिन यदि वह ध्यान से देखती तो उसे मालूम होता कि उस युवक की निगाहों में उत्सुकता की झलक तक नहीं है। उनमें एक उदासी, बहुत गहरी उदासी की झलक थी। उसकी सदा से उदास आँखों में मानो एक हृदय-विदारक चीख जमकर रह गयी थी...नहीं, यह प्रेम नहीं था, यह मुहब्बत नहीं थी...यह तो एक टूटी हुई वंशी की प्रतिध्वनि थी...और कमल के लिए वह युवती-युवती नहीं थी अपितु एक भूला-बिसरा गीत थी, एक दर्दभरा गीत...आँसुओं में भीगा हुआ एक ऐसा गीत जो अनजानी धरती पर और अनजाने आकाश के नीचे गाया गया। और जो अपनी ही करुणा और पीड़ा में तड़पता हुआ अज्ञात धरती से शोले की तरह उड़कर न जाने कहाँ से कहाँ आ निकला था।

गाड़ी गुड़गाँव के स्टेशन पर पहुँची तो युवती जल्दी से गाड़ी से उतर गयी और तेज-तेज कदम उठाती हुई चली गयी।

कमल स्टेशन से बाहर निकल आया। लड़की दूर जा चुकी थी...लेकिन जैसे एक रेशमी डोरी में उसका हृदय फाँसकर और उसका दूसरा सिरा अपने हाथ में मजबूती से पकड़े वह निर्भीकता से बढ़ती चली जा रही हो...

23

आज फिर उस गली को जाता है।
कितना नादान हो गया है दिल।

"भई, तुम तैयार नहीं हुए?" प्रकाश ने कमल के कमरे में प्रवेश करते हुए पूछा।

"किसलिए?"

"ताज्जुब! अरे, तुम्हें कला ने कुछ बताया नहीं?"

"कला?"

"आहो!..."

इतने में कला भागी हुई आयी।

"अरे कला!"

"जी, मैं दो बार बताने के लिए आयी लेकिन...लेकिन आप सो रहे थे।"

"जगा दिया होता।" प्रकाश ने कुछ बिगड़कर कहा।

"मैंने जगाया नहीं।" कला ने अपनी भूल स्वीकार की, "कैसे जगाती? मैं दोनों बार पास आकर खड़ी रही लेकिन आप आरामकुर्सी पर लेटे थे। मैं...मैं..."

"लेकिन मैं जाग रहा था।" कमल ने कहा, "मैं ख़ुद हैरान हो रहा था कि तुम कमरे में आकर चुपचाप खड़ी क्यों हो जाती हो?"

"अरे भई, तुमने ही पूछ लिया होता कि यहाँ क्या कर रही हो?"

"पूछ कैसे लेता? इनका अपना घर है, मुझे इस बात का क्या अधिकार कि मैं घर के लोगों से पूछता फिरूँ कि आप यहाँ खड़े क्या कर रहे हैं।"

"ओफ, तुम्हें भी अजीब-अजीब मजाक सूझते हैं।"

कला ने भावावेश में दोनों हाथों की उँगलियाँ एक-दूसरे में फँसाकर कहा, "तो क्या आप मुझको चुपचाप देखते रहे?"

"हाँ।" कमल ने जोर से सिर हिलाकर उत्तर दिया।

इस पर कला मारे ख़ुशी के आपे से बाहर हो गयी। झपटकर कमरे से बाहर निकल आयी और वहाँ बच्चों की तरह ख़ूब उछली-कूदी।

"ख़ैर, वह तो जो हुआ सो हुआ, अब यह बताओ कि अखीर यह धमाचौकड़ी है किस सिलसिले में?"

"भई, आज हमें चाय पर बुलाया गया है।"

"तो मैं क्या करूँ?"

"तुम्हें भी बुलाया गया है।"

"यह क्या मज़ाक है? मुझे यहाँ कौन जानता है?"

"हाँ, भई, तुम्हें भी बुलाया गया है। खासतौर से कहलाया गया है कि अपने मेहमान को भी साथ लेते आइयेगा।"

"यह मेहरबान हैं कौन?"

"वही उमादेवी, जो हमें स्टेशन पर मिली थीं। अरे, जिनकी लड़की उस दिन धोखे से तुम्हारे कमरे में आ घुसी थी...याद आया?"

"हाँ-हाँ।"

प्रकाश ने कलाई पर बँधी हुई घड़ी को देखा और बोला, "हमें पाँच बजे पहुँचाना चाहिये। साढ़े चार बज गये। कम से कम बीस मिनट रास्ते में लग जायेंगे। भला तुम दस मिनट में क्या तैयार हो सकोगे? उफ़! यह बेवक़ूफ़ कला...जब तुम खाना खाकर इधर आये तो थोड़ी-सी देर के बाद उनका नौकर चिट्ठी दे गया था।"

कमल जल्दी-जल्दी तैयार होने लगा।

"कहाँ जाना होगा?" उसने पूछा।

"मिलिटरी कैम्प तक।"

"वहाँ वे किस सिलसिले में रहते हैं?"

"उनके पति स्टोर-कीपर हैं।"

"स्टोर-कीपर?"

"हाँ-हाँ, लेकिन स्टोर-कीपर आजकल ख़ूब मजे उड़ाते हैं। बस कुछ पूछो नहीं।"

"वे लोग यहाँ कब से हैं?"

"लगभग डेढ़ वर्ष से तो हैं।"

"और हमें चाय पर बुलाने का मतलब क्या है?"

"मतलब-वतलब कुछ नहीं। आपस में मेलजोल है। हम उन्हें बुला लेते हैं, वे हमें बुला लेते हैं।"

"जब से मैं आया हूँ, तुमने उन्हें कभी नहीं बुलाया?"

"भई, यूँ ही मौक़े की बात है। वैसे भी तुम आये हुए थे ज़रा।"

"तो क्या हुआ?"

"अब बुलायेंगे...उनकी लड़की तो करीब-करीब रोज़ बैडमिण्टन खेलने के लिए आती थी।"

"अब क्यों नहीं आती?"

"वह कुछ दिनों से बाहर किसी रिश्तेदार के यहाँ गयी हुई थी। अब आयी है। एक बार तो खेलने आ चुकी है।"

प्रकाश ने सिगरेट सुलगाकर बाहर निकलते हुए कहा, "लो, मैं चलता हूँ। देखूँ, बाक़ी सब लोग तैयार हुए या नहीं। अब तुम अपनी आदत के अनुसार सुस्ती से काम न लेना। बस, जल्दी से जल्दी तैयार हो जाओ।"

"जो हुक्म सरकार का।"

जब वे सब गन्तव्य स्थान तक पहुँचे तो उमादेवी और उनके पति उनके स्वागत के लिए आगे बढ़े।

कमल ने अनुभव किया कि उमादेवी ने मातृ-प्रेम से उसकी पीठ पर हाथ फेरा।

उनके रहने की जगह छोटी ही थी लेकिन थी साफ-सुथरी। सबसे अच्छी बात यह थी कि वहाँ केवल दो अपरिचित सूरतें थीं। उनमें से एक तो उम्र के लिहाज से उमादेवी की लड़की की सहेली मालूम होती थी। एक महाशय और थे जिनकी अवस्था लगभग तीस वर्ष की होगी। शरीर इकहरा। शक्ल मामूली। आँखें बड़ी तेज़ और वेशभूषा क़ाफ़ी कृत्रिमता लिए हुए। बातचीत और उठने-बैठने के ढंग में बड़ी सफाई।

सब लोग मेज के गिर्द बैठ गये।

माला ने बैठते ही चिल्लाकर कहा, "पर चाची, कुसुम कहाँ है?"

"अरे, हाँ।" उमादेवी ने इधर-उधर देखा।

तो कुसुम है उसका नाम!—कमल ने सोचा। फिर उसे ध्यान आया कि गाड़ी में वह उसकी ओर बड़ी बदतमीजी से देखता रहा था। कहीं उसने वह बात माँ से न कह दी हो और उसकी माँ ने बुरा न माला हो...

"कुसुम!" माँ ने आवाज़ दी।

आवाज की गूंज समाप्त होने से पहले ही कुसुम बगल से बाहर निकल आयीं ऐसा लगता था मानो वह वहीं कहीं छिपी खड़ी थी।

माला बोली, "अरे, आज यह कैसी भीगी बिल्ली बनी है। आँखें झुकी हुई, पाँव लड़खड़ा रहे हैं। मुँह से बात नहीं निकलती..."

माला ने तो ये शब्द अल्हड़पन से कहे थे लेकिन उधर कुसुम को पसीना छूटने लगा। बेचारी का भाँड़ा फूटा जा रहा था। उसने चुपके से माला को घूँसा दिखाया, लेकिन सब ही ने देख लिया और हँस पड़े।

चाय का दौर शुरू होने से पहले अपरिचित व्यक्तियों का एक-दूसरे से परिचय कराया गया। अब कमल को मालूम हुआ कि जो नये सज्जन सज-धजकर यहाँ आये हुए थे उन्हें दत्त साहब कहते हैं, सेण्ट्रल सेक्रेटेरियट नई दिल्ली में किसी अच्छे सरकारी पद पर काम करते हैं। उनके चेहरे पर ताज़गी नहीं थी, अलबत्ता उनकी बातों में हास्य की चाशनी अवश्य थी लेकिन वह बँधे-टके फ़िकरे और जँची-तुली बातें और व्यवहार जो सरकारी अफ़सरों की विशेषता है।

वातावरण की यह गम्भीरता और यह ऊँचे हास्य की लहरें नौजवान लड़कियों को कुछ बहुत पसन्द नहीं आयीं, अतएव कला ने चिल्लाकर कहा, "अरी कुसुमी! अब तू खेलने क्यों नहीं आती?"

"गयी तो थी।"

"हाँ, केवल एक बार। लखनऊ से जब आयी तो दूसरे दिन रैकेट लेकर पहुँची। हमने तो भगवान को धन्यवाद दिया था कि आख़िर हमारी कुसुमी आ गयी। लेकिन न जाने तुझे क्या हुआ कि उसके बाद आयी ही नहीं।"

वातावरण की गम्भीरता दूर हुई तो बड़े अलग और छोटे अलग निःसंकोच बातें करने लगे। बातों के शोर में कुसुम बड़ी फुर्ती से कमल की ओर देख लेती लेकिन यदि कहीं कमल भी ठीक उसी समय उसकी ओर देख लेता तो कुसुम की निगाहें घायल पक्षी की भाँति तड़पकर लौट जातीं और उसकी पलकें इतनी झुक जातीं मानो उसने आँखें बन्द कर रखी हों।

वह अपने होंठ के कोने को दाँतों के नीचे दबाकर धीरे-धीरे छोड़ देती। फिर सहेलियों की किसी बात पर खिलखिलाकर हँस पड़ती...लेकिन यह खिलखिलाहट इतनी उल्लासपूर्ण होती थी मानो उसने कोई सुहाना स्वप्न देखा हो।

आधा घण्टे में वे सब एक परिवार की भाँति आपस में घुल-मिल गये।

उमादेवी की बड़ी ठहरी हुई तबीयत थी। स्वभाव बहुत ठण्डा था, बातें मधुर और व्यवहार प्यार-भरा।

उन्होंने कुछ देर कमल से बातें की। फिर कुसुम से बोलीं, "अरी कुसुम! कमल जी को अपनी रंगीन मछलियाँ नहीं दिखायेगी? जा, दिखा।"

"मैं?" कुसुम ने चौंककर कुर्सी के दोनों सिरों को इस तरह थामा मानो वह अभी उठकर भाग जायेगी। लेकिन कमल उसी समय उठ खड़ा हुआ और इस तरह कुसुम को कुछ कहने का मौक़ा नहीं मिला।

जब कुसुम उठकर घूमी तो उसके भारी बालों की दोनों चोटियाँ मचलकर नाच गयी।

24

तुम्हें भी परीशान कर ही गया दिल

चाय-पार्टी बड़ी सफल रही। और जब प्रकाश का कुटुम्ब लौटा तो उनमें से प्रत्येक व्यक्ति बड़ा प्रसन्न था। प्रकाश ने कहा, "आज की शाम सचमुच ही बहुत अच्छी कटी, कमल!"

कमल जो किसी गहरी सोच में था, चौंककर बोला, "बहुत, बहुत। श्रीमती त्रिपाठी का स्वभाव तो बहुत अच्छा है। वह बड़ी सभ्य और सुशिक्षित महिला लगती हैं।"

"वास्तव में पार्टी की जान तो वही थीं। पढ़ी-लिखी हैं। यदि कभी साहित्य का कला पर बात करो तो तुम सचमुच हैरान रह जाओ कि ऐसी छोटी-सी जगह पर यह हीरा कहाँ से आ गया।"

"उनके पति देखने में तो बड़े गम्भीर दिखायी देते हैं।"

"बिलकुल चुगद हैं। उनमें इतना साहस ही नहीं है कि वह पत्नी से किसी बात पर बहस कर सके। और वह उमादेवी की और अपनी योग्यता का अन्तर भी जानते हैं–हमारे उनसे बहुत गहरे सम्बन्ध हैं इसलिए हमें मालूम है कि कभी-कभी वह हठधर्मी भी कर बैठते हैं। जब कभी वह ऐसी बातें करते हैं तब बेचारी उमादेवी को बहुत परेशान होना पड़ता है। वह बेचारी बड़ी सीधी, सरल और भावुक प्रकृति की हैं–असल में त्रिपाठी जी उनके योग्य नहीं थे। न जाने दोनों का विवाह कैसे हो गया।"

"अच्छा भाई!" कमल ने सहसा एक नया विचार आने पर पूछा, और वह बने-सजे महाशय कौन थे?"

"अरे वह...भई, हम उन्हें टर्रू कहते हैं, मिस्टर टर्रू! हा! हा! हा!"

"बहुत सज-धजकर आये थे। मेरा मतलब है कि आवश्यकता से अधिक बनावट से काम लिया था उन्होंने।"

"हाँ, वह किसी एक ख़ास दाँव पर बैठे हैं।"

"दाँव पर? सच? मेरी ओर कभी-कभी वह अजीब नज़रों से देखते थे। जब मैंने अन्तिम बार उनसे हाथ मिलाया तो उन्होंने अपनी अन्दर धँसी हुई चमकदार आँखें मुझ पर इस तरह गाड़ दीं मानो वे मेरी आँखों को छेंद डालना चाहती हों।"

"अरे, यह उनकी आदत है। वह सब ही को ऐसी नज़रों से देखते हैं।"

"हाँ, तो वह दाँव वाली बात क्या थी?"

"बात यह है कि उनकी नज़र कुसुम पर लगी है।"

"कुसम पर?"

"हाँ। तभी तो छैला बनकर आते हैं–लेकिन खेद यह है कि अपनी शक्ल आइने में नहीं देखते। भला कहाँ सुन्दरता की प्रतिमा और कहाँ यह दुमकटे लँगूर–टर्रू कहीं का!"

इस पर माला, कला और एम. मोने चीख-चीखकर टर्रू की हँसी उड़ाने लगे।

कमल गहरी सोच में डूब गया। उसके मन में विचार उठा कि न जाने टर्रू, जिसका नाम एस. एन. दत्त था, कहाँ तक पहुँचा था। शायद उसने अपनी यह इच्छा कुसुम के माता-पिता के सामने रख दी हो और सम्भवतः उन्होंने स्वीकृति दे दी हो। लेकिन कुसुम? क्या वह इसे पसन्द करेगी? क्या उसे भी इस बात का पता है? कम से कम उसके व्यवहार और बातचीत से तो यह बात प्रकट नहीं होती।

जब वह उसे रंगीन मछलियाँ दिखाने के लिए ले गयी थी तो वह बिलकुल कच्ची मिट्टी की तरह दिखायी देती थी। हर कुमारी कन्या कच्ची मिट्टी की तरह होती है। यानी उसके शरीर के प्रत्येक अंग और मन के विचार से कुँवारापन प्रकट होता है। वह

उस गुँधी हुई मिट्टी की भाँति होती है जिसे कुम्हार के कुशल हाथों ने कोई आकार प्रदान न किया हो। कुमारी युवती के इस कौमार्य को सँवारने और आकृति प्रदान करने वाला वह पहला पुरुष होता है जिसे वह अपना हृदय दे देती है। हृदय के साथ अपना शरीर और शरीर का प्रत्येक अंग, मन और मन का हर विचार अपने प्रेमी को सौंप देती है। कुमारी युवती की सबसे बड़ी इच्छा यह होती है कि वह अपने प्रेमी के आलिंगन में अपने आपको ढीला छोड़ दे जिसमें कि वह उसे जैसी आकृति चाहे प्रदान करे। उसके लिए इस आनन्द से बढ़कर दूसरा कोई आनन्द नहीं होता, कोई सुख नहीं होता—यही हाल कुसुम का लगता था।

जब वे दोनों शीशे के बड़े बर्तन के निकट खड़े थे जिसमें रंग-बिरंगी मछलियाँ तैर रही थीं, तब उसने देखा कि कुसुम दोनों हाथ ढीलेपन से लटकायें, आँखें झुकाये खड़ी थी। यद्यपि यह उसका कर्त्तव्य था कि वह कुछ बातचीत करे, लेकिन उसके होंठों पर तो जैसे मौन की मोहर लगी थी। कमल को स्वयं बात शुरू करनी पड़ी, "ये मछलियाँ कहाँ से आयी हैं कुसुम जी—यही नाम है न आपका?"

कुसुम ने अपनी उँगलियों के नाख़ूनों को देखते हुए स्वीकारात्मक ढंग से सिर हिला दिया लेकिन उसकी जुल्फों ने नाच-नाचकर जवाब दिया, "हाँ जी—हाँ जी।"

"अच्छा, तो ये मछलियाँ कहाँ से आयी हैं?"

"बम्बई से।"

"बम्बई से। वाह, वाह! तो क्या वहाँ बिकती हैं दूकानों पर?"

"पता नहीं।"

"पता नहीं?"

"ये तो मेरे चाचा ज़ी लाये थे।" कुसुम की आवाज़ महीन थी। उसके स्वर से ऐसा प्रकट होता था मानो वह कमल के रोब से घबरा रही हो।

कमल ने उसके साथ इधर-उधर की बातें शुरू कर दीं—उसकी शिक्षा की, कॉलेज की, खेल-तमाशों की, फिल्मों और फिल्म-स्टारों की।

कुसुम अभी उसी स्थान पर थी जहाँ एक सुन्दरी भावावेश के कारण अपने प्रेमी से अधिक बात नहीं कर सकती। इसलिए उसने पास ही पड़ी एक तश्तरी में से उबले हुए चावल और जरा-सा गुँधा हुआ आटा उँगलियों पर रखकर पानी में हाथ डुबो दिया। मछलियाँ तुरन्त बढ़ीं और उसकी उँगलियों पर लगे चावल और आटे को खाने लगीं। उनके होंठों के स्पर्श का बहुत हलका आनन्द कुसुम के चेहरे पर लहराने लगा। वह हँसकर बोली, "मछलियों के होंठ बहुत कोमल हैं।"

कुसुम की निगाहें बराबर झुकी रहीं। कमल ने खाली हाथ पानी में डालकर अपनी उँगलियाँ उसकी उँगलियों से छुआते हुए कहा, "सचमुच कितनी नर्म हैं।"

इस पर कुसुम तनिक हँसकर बोली, "लेकिन मछलियों के होंठ आपकी उँगलियों को थोड़े ही छू रहे हैं।" यह कहकर उसने एक क्षण के लिए निगाह उठाकर कमल की ओर देखा तो उसकी आँखों में शरारत देखकर वह शरमा गयी। उसकी पलकें कई बार झपक गयीं, भवें कई बार लचक गयीं और होंठ कई बार फड़फड़ा गये, मानो वे सब उसके काबू से बाहर हो गये हों। जैसे वह स्वयं न जानती हो कि क्या करे और क्या न करे।

पहले तो ऐसा लगा मानो वह रूठ गयी हो लेकिन फिर वह जल्दी से पंजों के बल बैठ गयी और बोली, "नीचे से ये मछलियाँ कितनी सुन्दर दिखायी देती हैं।"

फिर उसके कानों ने भावुकता में डूबे हुए मर्दाना स्वर में सुना, "हाँ, बहुत सुन्दर। नीचे-ऊपर, दायें-बायें, हर ओर से कितनी सुन्दर!"

पुरुष-स्वर में याचना के कम्पन को पहचान लेना भोली से भोली युवती के लिए भी बड़ा सरल होता है। अतएव एक बार फिर कुसुम ने सिर उठाया तो देखा कि कमल मछलियों की ओर नहीं देख रहा है बल्कि उसके चेहरे पर दृष्टि जमाये ये शब्द कह रहा है।

इस पर वह तुरन्त खड़ी हो गयी। कुसुम ने कन्धों को जोर से हिलाकर मुँह दूसरी ओर फेर लिया। कुछ क्षणों तक मौन छाया रहा। फिर कमल ने विनम्र स्वर में कहा, "क्या आपको मेरी कोई बात बुरी लगी?" कुसुम जवाब में थोड़ी देर के लिए चुप रही और फिर किसी भी भावना से रहित महीन स्वर में बोली, "वापस चलें।"

कमल आगे-आगे चल दिया। उसके मन में अनेक शंकायें उठ रही थीं। वह कुसुम के व्यवहार से कुछ घबरा-सा गया था। फिर उसे ऐसा आभास हुआ कि कुसुम पीछे-पीछे नहीं आ रही है। वह रुक गया। उसने घूमकर देखा, वह दिखायी नहीं पड़ी। वह कुछ परेशान-सा हो गया उसने दबे स्वर में पुकारा, "कुसुम!"

"अब कब आइयेगा?" पास के खम्भे के पीछे से आवाज़ आयी।

"ओह!" कमल ने दबे पाँव बढ़कर एकदम खम्भे के पीछे की ओर झाँका जहाँ कुसुम खड़ी मुसकरा रही थी। उससे निगाहें मिलते ही वह हलकी-सी चीख मारकर चंचल हिरणी की भाँति भागी। पहले उसने एक दरवाज़े में घुसना चाहा, लेकिन वह बन्द था। फिर उसने बरामदे से नीचे कूदने की ठानी लेकिन इतनी ऊँचाई से कूदने का साहस नहीं हुआ—उसको इस दशा में देख कमल हँस दिया।

रात के भोजन के बाद जब प्रकाश ने दूकान के सिलसिले में दिल्ली चलने के बारे में पूछा तो कमल ने उसके कन्धे पर हाथ रखकर उसकी आँखों में आँखें डाल दीं और दृढ़ स्वर में कहा, "अब मैं कहीं नहीं जाऊँगा।"

25

मचल रहा है रगे-ज़िन्दगी में ख़ूने-बहार

हम जीत गये।" यह कहकर कुसुम ने रैकेट को ऊपर उछाला और फिर उसे दबोचकर बच्चों की तरह मारे ख़ुशी के उछलने लगी। इसके साथ ही वहाँ एक शोर मच गया।

हारा हुआ खिलाड़ी कमल कोर्ट की दूसरी ओर रैकेट बगल में दबाये बड़े इत्मीनान से सिगरेट जलाने में लगा था।

अब कुसुम पिछले सप्ताह से प्रतिदिन खेलने के लिए आ रही थी। इस बीच में वह कमल के साथ "सिंगिल्स" में कई बार खेल चुकी थी, जिसमें हर बार कमल की हार होती थी। सब जानते थे कि कमल बैडमिण्टन और टेनिस का बड़ा अच्छा खिलाड़ी था इसलिए कुसुम जैसी साधारण खिलाड़ी से हार जाना आश्चर्य की बात थी।

जब कुसुम कमल को लगातार तीन बाजियाँ हराकर उछल-उछलकर प्रसन्नता प्रकट कर रही थी तब एम.मोने ने उसके कन्धे से कन्धा भिड़ाकर कहा, "अरे हट, कुसुमी! खामखाह ख़ुश हो रही है। तेरे जैसी खेलनेवालियों को तो कमल भैया जेब में डाले फिरते हैं।"

कुसुम ने ठेंगा दिखाकर कहा, "ले, हम क्या जानें। हमने तो हरा दिया उन्हें।"

इतने में कमल भी उनके पास पहुँच गया। तब कुसुम ने भवें चढ़ाकर पूछा, "क्यों जी, आप हार मानते हैं या नहीं?"

"अरे, इसमें मानने न मानने की क्या बात है? हम हारे हैं और बीच खेल सबके सामने हारे हैं..."

एम.मोने ने सिर हिलाकर कहा, "कमल भैया, आपको बनाना ख़ूब आता है। जनाब, हम भी नजर रखते हैं। जब हमारी आपके सामने कभी दाल नहीं गली तो भला यह बेचारी किस खेत की मूली है! क्योंकि इसे हरा देना हमारे बायें हाथ का खेल है।"

कमल ने इशारे से उसे चुप रहने को कहा और बात यहीं समाप्त हो गयी।

फिर सब लोग कमल से विलायत की बातें सुनने लगे।

आज शाम जब कुसुम साइकिल पर आ रही थी तो साइकिल का ट्यूब भक से फट गया था। उस समय खेल की गर्मी-गर्मी में किसी को ध्यान नहीं रहा पर जब ख़याल आया तो नौकर को साइकिलवाले के यहाँ भेजा गया। लेकिन उसकी दूकान बन्द हो चुकी थी।

अब सवाल यह था कि कुसुम घर कैसे पहुँचे। प्रकाश दिल्ली गया हुआ था। ममी जानती थीं कि कुसुम की माँ इस बात को नापसन्द करेंगी, यदि कुसुम को नौकर के

साथ भेजा गया। अन्त में एम.मोने से कहा गया। मोने वैसे भी बड़ा सुस्त था। बोला, ''मैं थका हुआ हूँ।''

इधर कुसुम भी मोने की बातों से जली बैठी थी, ''तुम्हारे साथ जाता कौन है! ममी, यह तैयार भी हो तो, हम इसके साथ नहीं जायेंगे।''

मोने और भी कुछ अकड़कर आरामकुर्सी पर लेट गया और बेपरवाही से बोला, ''भई, जिसके साथ जी चाहे चली जाओ...''

वह मन में जानता था कि अन्त में कुसुम को उसी की खुशामद करनी पड़ेगी।

रात हो चली थी। अब इस बात का जल्दी से जल्दी प्रबन्ध हो जाना चाहिए था।

इसी बीच कमल मुँह धोकर और कपड़े बदलकर वहाँ आ गया और मम्मी के पास जाकर धीमे स्वर में बोला, ''अगर आप कहें तो मैं चला जाऊँ। मुझे भी आप घर का ही आदमी समझिये।''

''क्यों नहीं, क्यों नहीं! तुम हमारे ऐसे ही बेटे हो जैसे प्रकाश। ए कुसुम! सुन तो, कमल भैया के साथ जाने में कोई आपत्ति न हो तो चली जा इनके साथ।''

एम. मोने बोल उठा, ''अजी वाह! हम इहें क्यों कष्ट दें! यह हमारे गेस्ट हैं। इससे अच्छा तो है कि हमीं छोड़ आयें।''

अब फिर कुसुम ने अपना नन्हा-सा अँगूठा दिखाया, ''ले! मैं तेरे साथ जाऊँगी ही नहीं।''

''अच्छा तो जा कमल भैया के साथ।'' ममी ने सलाह दी। कुसुम तुरन्त तैयार हो गयी।

वे दोनों चल दिये।

एक मील की दूरी थी। उन्होंने यह अन्तर कम करने के लिए कच्ची सड़क छोड़कर खेतों में से जाने वाली पगडण्डी पर चलना शुरू किया।

दोनों चुप थे।

दोनों सोच रहे थे कि बात शुरू कैसे की जाये। सबके सामने तो उनकी आम तौर से निस्संकोच बातचीत हो जाती थी, किन्तु अकेले में न जाने क्या हो जाता था।

आख़िर कमल ने पूछा, ''क्या आप मुझसे नाराज हैं?''

कुसुम नाराज तो मोने से थी लेकिन बातचीत शुरू करने के लिए इसी बात को बढ़ाने में कोई हरज़ न समझकर उसने कहा, ''नहीं तो। अच्छा यह बताइये कि आप मुझसे जान-बूझकर हार जाते हैं?''

''नहीं।''

''नहीं, आप झूठ बोलते हैं।''

''मैं झूठ नहीं बोलता।''

''अच्छा, यह बताइये...और बिलकुल सच-सच बताइये कि आप मोने को बड़ी आसानी से हरा देते हैं? देखिये, झूठ न बोलियेगा।''

"हाँ।"

"यह सच है कि आप मौने को हरा देते हैं?"

"जी हाँ।"

"बड़ी आसानी से हरा देते हैं?"

"जी।"

"और मोने मुझे बड़ी आसानी से हरा देता है। इसका मतलब यह है कि आप मुझे और भी आसानी से हरा सकते हैं। और इसका मतलब यह भी है कि आप मुझसे जान-बूझकर हार जाते हैं। जाइये, अब हम आपसे नहीं बोलते। आपने हमसे झूठ बोला।"

यह कहकर वह तनिक रूठकर कमल से कुछ दूर हटकर चलने लगी। कमल ने उसके पास जाकर उसका हाथ थाम लिया।

अभी तक कमल ने स्पर्श नहीं किया था अब जो कुसुम ने उसके हाथों के स्पर्श को अनुभव किया तो वह मन ही मन में इस तरह पिघल गयी जैसे अँगीठी के पास मोमबत्ती घुलकर बह जाये। उसके मुँह पर आया हुआ प्रत्येक शब्द मानो हवा में विलीन हो गया। उसकी आँखें झुक गयीं, वह कुछ बोल न सकी।

लेकिन कमल ने ऐसा अनुभव किया, मानो वह नाराजी के कारण चुप है। उसने याचना करते हुए कहा, "कुसुम! मैं जान-बूझकर नहीं हारता, अपितु तुम से जीतने की पूरी कोशिश करता हूँ। लेकिन तुम्हारे शरीर का प्रत्येक अंग, तुम्हारे मुखड़े का प्रत्येक नक्श मुझे अपनी ओर खींच लेता है। कुसुम! मैं हारने पर विवश हो जाता हूँ। मुझे चिड़िया दिखायी ही नहीं देती। मैं जानता हूँ, मुझे ऐसी बातें नहीं कहनी चाहिए। लेकिन जब तुम मुझे सच बोलने पर विवश करती हो और सच्ची बातें सुनना पसन्द करती हो तो मेरा भी धर्म है कि तुम्हारे सामने खोलकर सारी बातें रख दूँ, चाहे तुम मुझसे और भी अधिक नाराज़ हो जाओ।"

कमल की बातों से कुसुम पर एक नशा-सा छाया जा रहा था। वह निढाल-सी हो गयी। कमल ने उसके कन्धे को नर्मी से खींचकर अपने कन्धे से मिला लिया और इस प्रकार साथ-साथ चलते तथा इधर-उधर की बातें करते हुए वे उमादेवी के घर की ओर बढ़ने लगे।

उमा देवी बिजली के प्रकाश में ही बैठी थीं। इतने में छोटे से फाटक में जब उनका जोड़ा आगे बढ़ा तो पहले तो वे बिलकुल अपरिचित-से लगे, लेकिन जब वे कुछ प्रकाश में आये तब उनका चेहरा ख़ुशी से खिल गया। वह कमल को देखकर बोलीं, "तुम्हें देख मुझे जितना आश्चर्य हुआ उससे अधिक खुशी हो रही है।"

"ममी!" कुसुम ने माँ के गले का हार होकर कहा, "आज मेरी साइकिल का ट्यूब फट गया। साइकिलावाले की दूकान बन्द थी, मरम्मत नहीं हो सकी। प्रकाश भैया

दिल्ली से नहीं आये थे और मोने से हमारा झगड़ा है, इसलिए ममी ने इन्हें मेरे साथ भेज दिया।''

''यह हमारा सौभाग्य है कि कमल बेटा यहाँ आये। लेकिन बेटी, तुम्हें मोने के साथ आ जाना चाहिए था। इन्हें तकलीफ...''

कमल बोला, ''जी, बिलकुल नहीं। तक़लीफ़ की इसमें क्या बात है!''

वे तीनों बरामदे में बिछी कुर्सियों पर बैठ गये। कुछ देर तक बातें करते रहे। नौकर ने ख़बर दी कि खाना तैयार है तो कमल ने कहा ''अच्छा, अब मैं आज्ञा चाहता हूँ।''

''तुम भी भोजन करो न हमारे साथ।''

''जी, नहीं!''

सब लोग इन्तज़ार करेंगे।

इस पर कुसुम ने उठकर माँ के कान में चुपके से कुछ कहा और फिर एक शरारत भरी-निगाह कमल पर डालकर भीतर भाग गयी।

उमादेवी ने मुसकराकर कमल की ओर देखा और बोलीं, ''कुसुम कहती है कि आते-आते मैंने माला से कह दिया था कि हम आपको भोजन करायेंगे''। इसलिए आपका कोई इन्तज़ार नहीं करेगा।

26

तेरी रंजिश की इन्तहा मालूम
हसरतों का मेरी शुमार नहीं

जब वे तीनों भोज के कमरे में पहुँचे तो कमल ने देखा कि एक गोल मेज पर बड़ा-सा मेज़पोश बिछा है। उस पर कढाई का बहुत सादा लेकिन सुथरा काम किया गया था। उसने पूछा, ''यह मेज़पोश किसने काढ़ा है?''

उमादेवी ने उत्तर दिया, ''कुसुम ने।''

''सच? एक्सिलेण्ट!'' यह कहकर उसने हाथ में लेकर काम देखना शुरू किया।

''क्या तुम्हें पसन्द है, बेटा?''

''जी! ऐसे कामों में ''फिनिश'' देखी जाती है। यह बड़े अभ्यस्त हाथों का काम मालूम होता है। और मुझे यह सुनकर सचमुच आश्चर्य हुआ कि यह कुसुम ने काढ़ा है।''

''लेकिन सिखाने वाली तो आप हैं।'' कुसुम की इस बात पर माँ ने बेटी को प्यार से देखा और मुसकरा पड़ीं।

उनका घर यद्यपि छोटा था लेकिन कमल को बहुत पसन्द था। वहाँ की हर वस्तु पसन्द थी। इसलिए नहीं कि उसे कुसुम से प्रेम हो गया था, बल्कि यदि कुसुम से

प्रेम न होता तब भी वह उनके घर के रख-रखाव और सफाई से प्रभावित हुए बिना न रहता।

जब वे भोजन करने बैठे तो कमल के मुँह से अनायास निकल गया, "माता जी, मुझे आपके घर की हर चीज़ पसन्द है।"

"लेकिन बेटा! हम अमीर तो हैं नहीं। मध्यम श्रेणी के लोग हैं। भला कौन-सी चीज़ तुम्हें पसन्द आ गयी।"

"नहीं, रुपये-पैसे की बात छोड़िये। यह तो आनी-जानी चीज़ है। इस घर की हर चीज़ के पीछे मुझे एक व्यक्तित्व की झलक दिखायी देती है। वह झलक कुसुम की नहीं क्योंकि वह अभी बच्चा है। वह झलक आपके व्यक्तित्व की है।" फिर उसने रूमाल गोद में डालते हुए कहा, शायद आपको अजीब-सी बात मालूम हो, मुझे स्वयं यह अजीब-सी बात लगती है। लेकिन यह एक वास्तविक तथ्य है कि पहले दिन जब मैंने आपको देखा तो मुझे आपके साथ अजीब अपनत्व का अनुभव हुआ, जैसे...जैसे आप...मेरी माँ हैं।"

उमादेवी का चेहरा और भी प्रफुल्लित दिखने लगा। बोलीं, "ठीक तो है, मैं तेरी माँ ही तो हूँ।"

"असल बात यह है माता जी कि मैंने अपनी माँ को नहीं देखा—वह मेरे होश सम्हालने से पहले ही मुझे छोड़ गयी थीं। मैं हमेशा सोचा करता कि न जाने माँ कैसी होती है—और जब मैंने आपको देखा तो एकदम अनुभव हो गया कि माँ ऐसी होती है।"

उमादेवी को स्वयं उसने स्नेह-सा हो गया था। यह भावना दोनों ओर एक साथ काम कर रही थी। वह इस दिलचस्प तथ्य पर विचार कर रही थी। और कमल ने समझा कि वह एक गैर-दिलचस्प विषय पर बातचीत कर रहा है। अतएव उसने बात का रुख बदलने के लिए पूछा, "और हाँ, माता जी, मुझे तो ख़याल नहीं रहा। बाबू जी कहाँ हैं?"

"आज उनकी ड्यूटी शाम से लगी है। वह देर से आयेंगे।" कुसुम ने जल्दी से उत्तर दिया। मालूम होता था कि वह बातें करने के लिए बेचैन हो रही थी। उमादेवी अभी तक अपने विचारों में लीन थीं। उन्होंने उसी रौ में कहा, "कमल बेटा! जानते हो, तुम भी मुझे अच्छे लगते हो।"

"आपकी कृपा है।"

"और आप दोनों हमको अच्छे लगते हैं। लेकिन इसमें हमारी कृपा की कोई बात नहीं।" कुसुम ने नटखटपने से कहा।

इस पर सब हँस पड़े।

"माता जी! आपके और बच्चे नहीं हैं?"

"बेटा! तीन लड़कियाँ थीं। बेचारी दो मर गयीं—एक बचपन में और दूसरी चौदह वर्ष की होकर।"

''और हम बच गये हैं।'' कुसुम ने होंठ सिकोड़कर बच्चों की तरह भोलेपन से कहा।

''धत्!'' माँ ने चपत मारने के अन्दाज़ में हाथ उठाया बेटी पर, फिर बोली, ''यह बड़ी शरारती है।''

''जी?'' कमल ने एक नज़र कुसुम पर डाली, ''लेकिन देखने में ऐसी दिखायी पड़ती है, जैसे इसके मुँह में दाँत भी नहीं हैं।''

इस पर कुसुम ने हँसते हुए अपना गोल चेहरा आगे को बढ़ाया। उसके दाँतों की सुन्दर लड़ी बिजली के प्रकाश में दमक उठी और वह उसी अन्दाज में बोली, ''देखिये तो, क्या हमारे मुँह में दाँत नहीं हैं?''

''लो, देखी इसकी हरक़तें। जब तक किसी से नहीं खुलती तो भीगी बिल्ली बनी रहती है। लेकिन जब खुल जाती है तब फिर इससे शैतान भी भागता है।''

''ओ ममी! जाइये, हम आपसे नहीं बोलेंगे।''

''माता जी! यह बात भी है कि शरीर चाहे जितनी हो लेकिन बड़ी समझदार भी तो है।''

इस पर उमादेवी हँसने लगीं। उनकी बत्तीसी अभी सही-सलामत थी। इसलिए उनकी हँसी में अभी आकर्षण था।

कुसुम बिगड़कर बोली, ''आप इनकी हाँ में हाँ मिलाइये न, ममी।''

''हाँ भई हाँ, कमल ठीक ही तो कहता है।''

इस पर कुसुम ने आँखें नचाकर कहा, ''देखिये, अब आप यह कभी न कहियेगा कि यह ऐसी मालूम होती है जैसे इसके मुँह में दाँत ही नहीं हैं। इतने अच्छे दाँत हैं मेरे। हैं कि नहीं?''

''क्यों नहीं, क्यों नहीं, तुम्हारे दाँत सचमुच बहुत अच्छे हैं।''

''और आपके?''

''भई, मेरे दाँतों को तुम बुरा नहीं कह सकतीं। हालाँकि ये इतने अच्छे नहीं हैं जितने कि तुम्हारे।''

''आपकी आँखें अच्छी हैं। क्यों, ममी?''

''हाँ कमल, सच कहती है कुसुम। तुम्हारी आँखें कितनी अच्छी हैं। इनमें अजीब प्रकार की जिज्ञासा और उदासी की झलक है।''

कमल कुछ क्षण मौन रहा, फिर बोला, ''लोग यह बात मेरे पिता जी की आँखों के बारे में भी कहा करते थे।''

''अच्छा?''

''लेकिन यह उदासी की झलक या कोई और भाव जो उनकी आँखों से प्रकट होता था, उसका कारण उनकी मृत्यु के बाद मेरी समझ में आया।''

"क्या कारण था?" उमादेवी पूछ बैठीं।

कमल को बड़ा संकोच लगा लेकिन वह उस घर को अपना घर समझने लगा था और फिर उमादेवी को सचमुच वह अपनी माँ जैसा ही समझने लगा था। अतएव उसने दबी नज़रों से एक बार कुसुम की ओर देखा और फिर उमादेवी से बोला, "उन्हे शायद किसी लड़की से प्रेम हो गया था, लेकिन उससे उसका विवाह नहीं हो सका। यह शायद सबसे महत्त्वपूर्ण घटना थी उनके जीवन की। वह मरते दम तक उसकी याद को भुला न सके। वास्तव में मेरे पिता जी बड़े भावुक स्वभाव के व्यक्ति थे। उन्होंने युवावस्था में किसी को बड़ी तीव्रता से चाहा और फिर न जाने वह लड़की मर गयी या क्या बात हुई कि वे दोनों जीवन-साथी नहीं बन सके। इसी वेदना को जीवन-पर्यन्त दबाये बैठे रहे। मेरे जन्म के कुछ दिनों ही बाद मेरी माँ का स्वर्गवास हो गया। फिर उन्होंने मेरा जीवन सँवारने के लिए अपनी सारी शक्ति खर्च कर दी।"

"तुमको यह बातें कैसे पता चलीं?"

"बात यह है कि बम्बई में उन्होंने एक मकान उस समय बनवाया था जब मैं विलायत में था, मेरे वापस पहुँचने से एक ही दिन पहले उनके हृदय की गति बन्द हो जाने से मृत्यु हो गयी। मैंने उनके कागज़ात आदि देखे तो मालूम हुआ कि उनकी शादी उस लड़की से नहीं हो सकी जिससे वह प्रेम करते थे। सचमुच वह उस लड़की को सच्चे दिल से प्यार करते थे। उन्होंने उसकी याद में एक कमरा अलग कर लिया था। मालूम होता है मरने से पहले उन्हें अपनी मृत्यु का कुछ आभास मिल गया था। उन्होंने लड़की के हाथ के लिखे हुए पत्रों को फाड़ डाला।"

"क्या नाम था उस लड़की का?" उमादेवी ने पूछा।

"यह मालूम नहीं हो सका।"

"उस मकान को आप बेच आये होंगे?" कुसुम ने पूछा।

"बेचना चाहता था लेकिन पिता जी के एक मित्र ने मुझे ऐसा करने से रोक दिया। कहने लगे, तेरे पिता जी की बड़ी इच्छा थी कि वह तेरी छम-छम करती दुल्हन को इस मकान में लायें। जब तुम इस मकान में बहू ले आओगे तो उनकी आत्मा को बहुत शान्ति मिलेगी।"

"बड़ी अजीब बात है।" उमादेवी ने होंठों में कहा। फिर उच्च स्तर में बोलीं, "तुम्हारे पिताजी का क्या नाम था?"

"उन्हें सुरेशबाबू के नाम से पुकारा जाता था।"

फिर तुरन्त ही कमल और कुसुम आपस में बातें करने लगे और उन्हें यह पता ही न चला कि उमादेवी का हाथ रुक गया है और उनके काँपते हुए हाथ से कौर छूटकर प्लेट में गिर पड़ा है।

27

सारी दुनिया से दूर हो जाये, जो ज़रा तेरे पास हो बैठे।

जब प्रकाश के घरवालों को इस बात का पता चला कि कमल ने वहीं पर प्रैक्टिस करने का निश्चय कर लिया है तो उन सबको बड़ी प्रसन्नता हुई। विशेषकर माला और कला ने अपनी-अपनी जगह पर यही समझा कि यह सब उनके रूप की ही करामात है। लेकिन वे प्रेम और मुहब्बत को केवल एक खेल समझती थीं। उनके निकट वह एक मन बहलाने की चीज़ थी, अगर उन्हें मालूम हो जाता कि कमल के मन में उनके लिए रत्ती भर भी स्थान नहीं तो इससे उनके हृदय के टूट जाने का भय नहीं था और न इस बात की आशंका थी कि वे आत्महत्या कर बैठेंगी। शायद वे मन में अपने और कमल के बीच जो अन्तर था उसे भली-भाँति समझती थीं। लेकिन जीवन को काल्पनिक रंगों से रंगीन बनाने में वे कोई हर्ज़ नहीं समझती थीं।

बाक़ी घरवालों को असल बात का पता नहीं था। पहले कमल ने दिल्ली जाने का पक्का निश्चय कर लिया था, लेकिन फिर वे यही समझे कि दिल्ली में कोई अच्छी जगह नहीं मिल सकी, इस कारण कमल ने अपना निर्णय बदल लिया। केवल प्रकाश ही वह व्यक्ति था, जिसने कमल की इस करवट में किसी रहस्य का अनुभव किया। और फिर कमल और कुसुम की चुहलबाजी में इस रहस्य को किसी हद तक भाँप भी गया। लेकिन कमल से इसके विषय में कोई बातचीत करने की उसने आवश्यकता नहीं समझी।

यह निर्णय हो जाने पर कमल वहीं पर प्रैक्टिस करेगा, यह प्रश्न उत्पन्न हुआ कि डिस्पेंसरी के लिए कौन-सी जगह उपयुक्त होगी। गुड़गाँव में तो जो भी जगह पसन्द आ जाती उसे ले लेना कोई मुश्किल काम नहीं था। लेकिन वहाँ कोई दूकान या इमारत ऐसी नहीं थी जो उसे पसन्द आ जाती। बड़ी कठिनाई का सामना करना पड़ा। आख़िर प्रकाश को एक तरक़ीब सूझी जो सबको पसन्द आयी। प्रकाश की यह राय थी कि उनकी कोठी तथा मकान के आस-पास काफ़ी जगह छूटी हुई थी इसलिए अगर फाटक के पास एक कोने में दो-तीन साफ-सुथरे कमरे बनवा लिए जायें तो बहुत ही अच्छा हो। कमल को यह प्रस्ताव बहुत अच्छा लगा। उसने सोचा कि दिल्ली में भी उसे कुछ हजार रुपये पगड़ी के तौर पर देने ही पड़ते। अगर इसी रुपये से इधर काम बन जाये तो और क्या चाहिए। यद्यपि उसके पास अधिक रुपया नहीं था, फिर भी इतना अवश्य था कि वह बेफिक्री से अपने व्यावहारिक जीवन का श्रीगणेश कर सके। लेकिन इस बात पर प्रकाश राज़ी नहीं हुआ। वह कहने लगा कि जहाँ मकान पर इतना खर्च किया

है वहाँ थोड़ा और सही। कंजूस लाला जी भी मन में सोच रहे थे कि रुपया लगाने में क्या हर्ज़ है। अपना ही मकान बनेगा। अलबत्ता किराया वसूल कर लिया करेंगे। और फिर, घर का डॉक्टर हो जायेगा। क्योंकि जब से उनके बेटे-बेटियों पर अंग्रेजी रोगन चढ़ा था, वे बीमार भी अधिक रहने लगे थे। रोज़ाना घर का एक न एक सदस्य बीमार रहता। और न जाने कैसी-कैसी दवाइयाँ मँगाकर इस्तेमाल की जाती थीं, काफ़ी वादविवाद के बाद लाला जी ने कमल और प्रकाश की बातचीत में हस्तक्षेप करते हुए कहा, ''देखो भई, हम पढ़े-लिखे नहीं हैं, लेकिन अगर मानो तो एक बात कहें।''

प्रकाश बोला, ''अच्छा, ठीक है डैडी! आप ही बताइये अपनी तरकीब। लेकिन इतना तो आप भी मानेंगे कि हम यह कभी नहीं सहनकर सकते कि कमल रुपया खर्च करे।''

''ठीक है, यह मानता हूँ।'' और फिर लाला ने इस तिकड़म से अपनी तरकीब भिड़ाई कि दोनों कायल हो गये। लाला जी ने कहा, ''बेटा कमल! हमें तुमसे किराया लेने में भी बड़ी शर्म आती है। लेकिन तुम नहीं मानते इसलिए...'' आख़िर इमारत बननी शुरू हो गयी। एक ईंट की दीवारें चुनकर तीन कमरे बना दिये गये। एक में डिस्पेंसरी, दूसरा डाक्टर के बैठने के लिए, तीसरा छोटा कमरा रोगियों का मुआयना करने के लिए। और बाहर खुला बरामदा और उसमें रोगियों के बैठने के लिए बेंचें।

जब यह छोटी-सी इमारत तैयार हो गई तो कमल दिल्ली से अपनी पसन्द का फर्नीचर, दवाइयाँ और दूसरे आवश्यक सामान ले आया। सामान सजाने और अपने ठिकाने पर रखने में एम.मोने, माला और कला ने बढ़-बढ़कर हिस्सा लिया। अगर कभी संयोग से कमल किसी लड़की के कन्धे पर हाथ रख देता तो वह उस स्पर्श के ख़याल से ही घण्टों प्रसन्न रहती। इस तरह से अन्त में यह काम भी पूरा हो गया।

अब उद्घाटन की तैयारियाँ आरम्भ हुईं। कस्बे के प्रतिष्ठित व्यक्तियों को चाय-पार्टी के लिए निमंत्रण-पत्र भेजे गये। उद्घाटन के दिन बड़ी चहल-पहल रही। लाला जी पुलिसवालों और नगर के अन्य सरकारी अफसरों तथा सैनिक अधिकारियों को अपने यहाँ पाकर फूले न समाते थे। उन्होंने मन में सोचा कि लो, कमरों पर जो कुछ खर्च हुआ, वह सब रुपया तो यहीं वसूल हो गया।

शायद यह कहने की आवश्यकता नहीं कि इस पार्टी में कुसुम और उसके माता-पिता भी शामिल थे। मिस्टर दत्त को भी बुला लिया गया था, क्योंकि कुसुम के पिता जी से उनके बड़े गहरे सम्बन्ध थे। जब मिस्टर दत्त आये और उन्होंने यह रौनक़ देखी तो स्वयं भी बड़ी प्रसन्नता का प्रदर्शन किया।

चाय से पहले जब सब मेहमान कुर्सियों पर बैठे गप-गप में लगे थे तब माला, कला, एम.मोने और कमल प्रबन्ध के सिलसिले में भागे-भागे फिर रहे थे। प्रकाश ने कमल के अनुरोध पर मेहमानों का स्वागत करने और उन्हें बैठाने तथा बातचीत करने का भारत अपने ऊपर ले लिया। ऐसे अवसर पर भला कुसुम कहाँ चुप बैठने वाली थी! वह भी काम-काज में लग गयी। इसी प्रकार घूमते-फिरते संयोग से मकान के एक

एकान्त कोने में दोनों का आमना-सामना हो गया और कुसुम छुई-मुई की तरह सिमटने लगी। उस समय वह बहुत प्यारी दिख रही थी। कमल को वह इतनी प्यारी लगी कि उसने अनायास ही बड़ी नर्मी से उसे अपने एक बाज़ू के घेरे में ले लिया। कुसुम का दम फूला हुआ था। गाल तमतमा रहे थे। उसकी आँखें ज़मीन में गड़ी थीं।

सहसा उन्होंने अनुभव किया कि कोई आ रहा है और इसके पहले कि वे एक-दूसरे से अलग होते, प्रकाश वहाँ पहुँच गया। कुसुम सिटपिटाकर अलग हो गयी और फिर सरपट भागी। प्रकाश ने अपने चेहरे से कोई भाव प्रकट नहीं होने दिया। बोला, "भई चलो, सब मेहमान तुमसे मिलने के लिए बेचैन हो रहे हैं।"

पार्टी समाप्त हो जाने के बाद सब मेहमान विदा हो गये तो प्रकाश और कमल दिमाग़ ताजा करने के लिए सिगरेट का धुआँ उड़ाते हुए फाटक से निकलकर खेतों की ओर चल पड़े। दोनों मौन थे, शायद थकाव के कारण।

अन्त में प्रकाश ने मौन भंग करते हुए कहा, "अच्छा, तो यह बात है!"

कमल ने चौंककर पूछा, "क्या मुझसे कुछ कहा?"

"नहीं, कुछ नहीं।"

"तुम कुछ कह रहे थे?"

"कुछ!...हाँ।"

"क्या कहा तुमने?"

"मैंने कहा—अच्छा, तो यह बात है!"

"क्या बात?"

प्रकाश ने एक हाथ का घेरा बनाते हुए हवा में चुम्बन की एक आवाज उड़ दी और फिर हँस पड़ा। कमल उसके मतलब को पाकर मुसकरा दिया और फिर बोला।

"हाँ, यही बात है।"

"बात तो अच्छी है।"

"सच?"

"हाँ...अच्छी क्या, बहुत अच्छी है। बधाई।"

"बधाई कैसे? अभी उसके माता-पिता की आज्ञा प्राप्त करनी बाक़ी है।"

"अरे, अगर तुम पसन्द करो तो मुझ पर छोड़ दो। भला इनकार करने का उनमें साहस हो सकता है। लेकिन यार..."

"लेकिन क्या?"

"एक रुकावट है।"

"कैसी रुकावट?"

"दत्त।"

"क्यों?"

"मुझे एक विश्वस्त सूत्र से यह ख़बर मिली थी कि उसकी निगाह कुसुम पर है और शायद उसने उसके पिता को आधा दाजी भी कर लिया है। पहले की बात है, मुझे कोई दिलचस्पी नहीं थी इसलिए मैं चुप रहा।"

"लेकिन कुसुम तो उसे पसन्द नहीं करेगी और जहाँ तक मेरा विचार है उमादेवी भी उसे पसन्द नहीं करेंगी।"

"यह ठीक है, लेकिन दत्त बड़ा कुटिल और हठी आदमी है। ख़ैर, हमारा क्या कर लेगा! ज़रा तुम्हारी प्रैक्टिस चमक उठे तब कोई क़दम उठाया जाये।"

28

इश्क़ पर जोर नहीं है यह वह आतिश "गालिब"
कि लगाये न लगे और बुझाये न बने।

बैडमिण्टन खेलने का रैकेट घुमाती हुई कुसुम बड़ी ख़ुश-ख़ुश अपने कमरे की ओर बढ़ी।

वह प्रसन्न थी क्योंकि आज खेल ख़तम होने के बाद मौक़ा पाकर अकेले में कमल ने जल्दी से उसका हाथ चूम लिया था।

इस अवसर पर कमल का चेहरा ऐसा दीख रहा था जैसे उस पर किसी ने जादू कर दिया हो। कुसुम उस क्षण को जीवन-पर्यन्त नहीं भूल सकती थी।

जब वह विचारों में मग्न किसी मीठे गीत के बोल गुनगुनाती जल्द-जल्द क़दम उठाती बढ़ी चली जा रही थी तब उसे एकदम माँ की आवाज़ सुनायी पड़ी।

"कुसुम!"

उसके क़दम रुक गये। जीवन में उसकी माँ ने लाखों बार उसे उसका नाम लेकर पुकारा होगा। लेकिन....लेकिन...आज उसे माँ की आवाज़ न जाने कैसी सुनायी पड़ी। एक विचित्र झंकार, एक अनजानी भावना से कम्पित...उसके क़दम रुक गये। लेकिन वह एकदम लौटकर माँ की ओर न देख सकी...और फिर जब उसने सिर घुमाया तो देखा कि वह बरामदे के कोने में पड़े तख़्त पर बैठी हैं। यह कोना बैठने ही के काम में आता था और प्रायः इससे ड्राइंग-रूम का काम लिया जाता था। उस समय छत का बल्ब बुझा हुआ था, केवल टेबिल-लैम्प जल रहा था जिसके कारण इस कोने का अधिकांश भाग स्वप्लिन प्रकाश में डूबा था। केवल उमादेवी का चेहरा लैम्प की रोशनी में चमक रहा था। उनका चेहरा अत्यन्त गम्भीर था। उनकी भवों और माथे पर बल पड़े थे।

"जी!" कुसुम ने जवाब दिया और उसके साथ ही उसने देखा कि उसकी माँ का एक हाथ तसवीरों के एक सुन्दर अलबम पर रखा था। वह अलबम कुसुम का था।

उसमें उसने केवल कमल के चित्र इकट्ठे कर रखे थे। आज दोपहर को जबकि उसकी माँ बाहर गयी हुई थी, उसने कमल के बहुत से चित्र, जो उसने पिछले कुछ दिनों में प्राप्त किये थे, उस अलबम में लगा लिए थे। उसने यह काम पूरा किया ही था कि माँ आ गयी। उसने जल्दी से अलबम तख़्त पर बिछे हुए गद्दे के नीचे छिपा दिया और फिर उसे अलबम वहाँ से निकालकर किसी सुरक्षित स्थान पर रखने का मौका न मिला। जब कला उसे बुलाने आयी तब जल्दी में उसे अलबम का ध्यान ही न रहा और इस समय जब उसने माँ के हाथ में अलबम देखा, तब उसे अपनी भूल का अनुभव हुआ। उसका हृदय ज़ोर-ज़ोर से धड़कने लगा। न जाने ममी उससे क्या कहें? वह धीरे-धीरे छोटे-छोटे कदम उठाती माँ के निकट पहुँची। माँ ने आज तक उसे कभी कोई कड़ी बात न कही थी, इसलिए कि वह उसे बहुत प्यार करती थीं। स्वयं कुसुम ने भी कभी जान-बूझकर ऐसी कोई बात नहीं की थी कि माँ को शिकायत का मौका मिलता।

माँ ने उसकी ओर सिर उठाकर नहीं देखा। वह उसी तरह सिर झुकाये बैठी रहीं। जब वह बिलकुल निकट पहुँच गयी तब उसने देखा कि माँ का हाथ कुछ हिला और उन्होंने अलबम को पकड़ लिया। कुछ क्षणों तब अलबम उनके हाथ में मज़बूती से जकड़ा रहा, फिर हाथ आगे बढ़ा।

"यह तुम्हारा अलबम है?"

"जी!" कुसुम ने अत्यन्त क्षीण स्वर में उत्तर दिया।

कुसुम ने ऐसा अनुभव किया मानो उसका हृदय उछल कर उसके हलक में अटक गया है।

"लो!" अलबम और आगे बढ़ा दिया गया।

कुसुम ने काँपते हुए हाथों से अलबम पकड़ा और उसे बगल में दबाकर चुपचाप खड़ी हो गयी। उसको इस ख़याल से बड़ी परेशानी हो रही थी कि उसकी माँ को न जाने कितना दुःख है। लेकिन उसे कुछ सूझ नहीं रहा था कि वह क्या कहे और क्या न कहे। वह इस बात की प्रतीक्षा कर रही थी कि माँ बोले तो वह भी कुछ कहे।

"आज खेल ख़तम हो गया?" यद्यपि स्वर में कोई अन्तर नहीं था किन्तु बात का रुख तो बदल गया।

यह सुनकर कुसुम की जान में जान आयी और वह तनिक उत्साह से माँ के पीछे की ओर तख़्त पर बैठ गयी ओर बोली—"जी, माता जी! आज बहुत मजा आया। अब मैं बहुत अच्छा खेलने लगी हूँ। पहले मोने बहुत अकड़ता था। जब कोई मेरे साथ खेलने को कहता तो यह जवाब देता, अजी छोड़ो, इस अनाड़ी के साथ कौन खेले? और जब खेलता तो मुझे हरा देता। आज वह फिर बढ़-बढ़कर बातें बनाने लगा तो मुझे भी ताव आ गया। मैंने उसे चैलेंज किया कि अगर उसमें कुछ दम है तो मेरे सामने आये, मुकाबला कर ले। वह नाक चढ़ाकर बोला "अरी जा, बड़ी आयी वहाँ से खेलने वाली।"

मैंने कह दिया कि यह क्यों नहीं कहते कि मुझसे डरते हो। इस पर वह बहुत झुँझलाया। सबने ख़ूब तालियाँ बजायी। आख़िर वह भी ताव खाकर हाथ में रैकेट लिए मेरे सामने आ गया। खेल शुरू हुआ तो उसने बढ़बढ़कर रैकेट घुमाया लेकिन मैंने उसे हरा दिया। फिर तालियाँ बजीं। वह झुझँलाकर बोला, "अजी, यह तो यूँ ही संयोग से हार गये हम।" मैंने कहा, "हिम्मत है तो फिर आओ मेरे सामने। वह फिर आया तो मैंने फिर उसे हरा दिया। बस ममी फिर कुछ न पूछिये कि उसका क्या हाल हुआ। मैंने उसे ख़ूब ठेंगा दिखाया और मेरे साथ मिलकर सबने उसे ख़ूब बनाया। सचमुच बेचारे की आज ख़ूब गत बनी..."

"हूँ।" अब माँ की आवाज में फिर पहली वाली लोच आ गयी। उन्होंने पूछा—"कमल की डिस्पेंसरी का क्या हाल है? चल रही है?"

"हाँ, ममी।" कुसुम ने बच्चों के-से अन्दाज में जवाब दिया—अब तो लोग उनके यहाँ आने लगे हैं। कहते हैं सुबह के वक़्त ज्यादा रोगी आते हैं। सब लोग उनकी बड़ी तारीफ़ करते हैं। कला की माता जी कहती थीं कि कई लोग उनके पास आकर कहते थे कि आपने बहुत अच्छा किया जो अस्पताल खोल दिया। मुझे "अस्पताल" शब्द पर बड़ी हँसी आयी। उनकी माता जी कहती हैं कि जैसे-जैसे लोगों को पता चलेगा वैसे-वैसे आने वालों की गिनती और बढ़ती जायेगी। जब मैं शाम को खेलने जाती हूँ तब दो-चार रोगी वहाँ बैठे रहते हैं। ममी, कैसे गरीब मालूम होते हैं वे लोग। मैंने पहले कभी रोगी नहीं देखे थे। यूँ ही एकाध आदमी को बीमार पड़े देख लिया था लेकिन इतने रोगी मैंने कभी नहीं देखे। पर ममी, लोग क्यों बीमार होते हैं? क्या बीमारी भगवान की तरफ़ से आती है?"

"नहीं बेटी, भगवान की तरफ़ से बीमारी नहीं आती बल्कि बीमारी हमारी ही भूल का नतीजा होती है। इस तरह आदमी और भी कई संकटों में फँस जाता है, जो उसकी भूलों के कारण ही आते हैं।"

कुसुम ने माँ की इस बात को एक ख़ास इशारा समझा। वह चुप हो गयी। माँ फिर बोली—"इसका मतलब यह है कि शाम के समय कमल खेल भी नहीं सकता?"

"नहीं जी, वह खेल लेते हैं। जब कोई रोगी नहीं होता तो वह खेलना शुरू कर देते हैं। अगर खेल के बीच में कोई आ जाये तो रैकेट किसी दूसरे को देकर स्वयं रोगी को देखने चले जाते हैं। कमल बाबू बैडमिण्टन बहुत अच्छा खेलते हैं। हाय ममी! कभी आप उनको खेलते हुए देखिये तो हैरान रह जाइये। उनका एक-एक अन्दाज़ और एक-एक ऐक्शन देखने के योग्य होता है। आपको मालूम है, कला क्या कहती है। कला कहती है, विलायत से पास करके आये हैं, इसलिए इतना अच्छा खेलते हैं। लेकिन ममी, क्या बैडमिण्टन खेलने का इम्तिहान पास किया जाता है।? नहीं किया जाता न?"

माँ ने किंचित् विलम्ब के बाद मन्द स्वर में कहा—"कुसुम! कमल तुम्हारे ख़याल में अच्छे हैं?"

उस समय बेटी माँ के पीछे बैठी थी। माँ उसका चेहरा नहीं देख सकती थी। इस सवाल पर गहरा मौन छा गया। कुसुम ने बोलने की चेष्टा की किन्तु बोल नहीं सकी। अन्त में उसने ज़वाब में अपनी गोरी-गोरी बाँहें बड़े लाड़ से माँ के गले में डाल दीं।

माँ ने निराश स्वर में कहा—"लेकिन तुझे मालूम है कि दत्त बाबू...उन्होंने तेरे बाबू जी से कह भी दिया है।"

29

मैं फ़साना कह रहा था और वह ख़ामोश था।

साँझ की बेला थी किन्तु अभी सूर्यास्त में आधा-पौना घण्टे की देर थी।

कमल बरामदे के कोने में खड़ा एक रोगी की आँखों में दवाई डाल रहा था कि कला आती हुई दीख पड़ी। यह कोई असाधारण बात नहीं थी, क्योंकि जब तक वह यहाँ रहता कला और माला को आना-जाना लगा रहता था।

लेकिन इस समय कला की मुद्रा से प्रकट होता था कि वह रोज़ की तरह साधारण ढंग से नहीं आयी थी, किसी उद्देश्य विशेष से आयी लगती थी। कमल ने इस बात की ओर ध्यान नहीं दिया। कला ने देखा कि रोगी सीधा-सादा देहाती है तो उसने कहा—"कुसुम आयी है।"

कमल को आश्चर्य हुआ। आख़िर यह भी कोई कहने की बात थी। वह तो रोज़ आती थी, "फिर क्या?"

"वह खेल नहीं रही है।"

"क्यों? तबीयत कुछ ख़राब है?"

"नहीं।"

"तो भई, फिर आख़िर बात क्या है?"

"वह उदास है।"

इस पर कमल के होंठों पर मुसकान खेलने लगी—"अच्छा तो यह बात है। तुम उससे जाकर कहो कि उदास होने की ज़रूरत नहीं। कल हम उसे टॉफी का डिब्बा ला देंगे।"

कला ने अब मामले का महत्त्व जताना आवश्यक समझा। बोली—"वह रो रही है।"

कमल का हाथ क्षण-भर को रुका, "क्या कहती हो, रो रही है? वाह! अजीब लड़की है। मालूम होता है आज उसकी माता जी ने किसी बात पर उसे डाँटा है। अच्छा तो उसे यहाँ भेज दो।"

"मैंने कहा था कि चलो कमल जी के पास तो बोली कि वहाँ क्या बात होगी।"

"अरे, वह तो पगली है। जाओ, उसे भेज दो। कहना कि मैंने बुलाया है, फ़ौरन!"

उसके मुँह से "फ़ौरन" शब्द निकला ही था कि कला यह जा, वह जा! इसके बाद वह अपने कमरे में चला गया। एक स्त्री और एक बूढ़ा उसकी प्रतीक्षा कर रहे थे। उसने उनसे सवाल पूछने शुरू किये। लेकिन मन में उसे यह एक अजीब-सी बात मालूम हो रही थी। कुसुम और रोना, दोनों बिलकुल भिन्न चीज़ें थीं। इसी बीच उसने देखा कि कुसुम बाहर बरामदे में सीढ़ियों पर से चढ़ती हुई चली आ रही है। वह अकेली थी। वह दबे-पाँव बोझिल कदम उठाती हुई आयी और कमल के पास पड़ी हुई कुर्सी पर बैठ गयी।

कमल ने देखा कि उसके चेहरे पर गहरी उदासी छायी थी। लेकिन आँसुओं से धुली हुई उसकी आँखें और गाल अजब सलोना रंग लिए थे। डूबते हुए सूर्य की लाल रोशनी में उसका चेहरा और उसके अस्त-व्यस्त बाल जगमगा उठे थे।

उसने धीमे स्वर में पूछा—"ह्वाट इज़ रॉंग (क्या गड़बड़ है)?"

कुसुम ने अंग्रेज़ी में ही उत्तर दिया—"बहुत ज्यादा गड़बड़ है।"

"क्यों, कुशल तो है?"

"अब इन लोगों के सामने क्या कहूँ?"

"अच्छा।" कमल ने भी अंग्रेजी में कहा—"अब इस समय और कोई रोगी तो है नहीं, इन चार आदमियों की दवाई बनाने के लिए डिस्पेंसरी में जाना है। वहाँ हम दोनों अकेले होंगे।"

पाँच मिनट में उसने सामने बैठे हुए दो रोगियों के लिए नुस्खे लिखे और पूछा—"आप लोग शीशियाँ लाये हैं?"

इस पर उन दोनों ने तुरन्त अपनी रानों में दबी हुई आवश्यकता से बहुत अधिक बड़ी शीशियों का प्रदर्शन किया।

"अच्छा तो आप लोग बरामदे में बैठिये, मैं दवाई तैयार कर लूँ।"

उन लोगों ने ख़ूब ज़ोर से सिर हिलाया, फिर उनके सिर रुक गये और तब वे उठे, घूमे और बाहर निकल गये।

कमल ने जल्दी से कुसुम की बाँह पर हाथ रखकर कहा—"आओ, अन्दर चलें।"

अभी तक कमल ने यह अनुभव नहीं किया था कि सचमुच कोई ख़ास बात हो गई है। वह यही समझे बैठा था कि कुसुम बच्चा ही तो है, किसी मामूली-सी बात से घबरा गयी होगी। अतएव उसने दवाई बनानी शुरू कर दी और बोला—"हाँ, तो कहो..मेरे कान तुम्हारी तरफ़ हैं।"

कुसुम ने उदास और चिन्तित स्वर में कहना शुरू किया—"कल शाम जब मैं खेल के बाद घर पहुँची तो अँधेरा हो चुका था। बाबू जी घर में नहीं थे। ममी बरामदे में बैठी थीं। मैं अपने ध्यान में आगे बढ़ गयी। उन्होंने आवाज़ दी तो मुझे उनका स्वर

कुछ बदला हुआ-सा लगा। इतना बदला हुआ कि एक बार तो मेरी इतनी हिम्मत भी नहीं हुई कि एकदम घूमकर उनकी ओर देखूँ और जब मैंने देखा तो उनके हाथ में अलबम देखकर मेरा हृदय बस धक् से होकर रह गया।''

''वह अलबम कैसा था?''

''वह अलबम?'' कुसुम तनिक झेंपकर बोली–''आपसे मैंने जो आपके फोटो लिए थे उन्हें मैंने एक अलबम में चिपका दिया था। वही अलबम मेरी भूल से उनके हाथ लग गया।''

''ओह!'' कमल ने कहा–''तो फिर क्या हुआ? वह नाराज़ हो गयी?''

''नहीं, नाराज नहीं हुईं। उन्होंने मुझे अपने पास बुलाया और अलबम मुझे दे दिया। फिर इधर-उधर की बातें करने लगीं।''

''तो भई, आख़िर इतना रोने-धोने की क्या कारण है?''

''बता रही हूँ।''

''बता भी डालो–मैं परेशान हो रहा हूँ।''

''इधर-उधर की बातों के बाद आपके बारे में पूँछा।''

''मेरे बारे में! क्या?''

''जी! यही कि...यही कि मैं...मेरा मतलब है कि आप...मेरा मतलब समझ गये न आप?''

''हाँ क्या जवाब देती?''

''अरे, वाह! ऐसा सुनहरा मौक़ा खो दिया। तुमने कुछ भी नहीं कहा?''

''मैं शरमा गयी।''

कमल ने बिलकुल फिल्मी प्रेमी के-से अन्दाज़ में आँखों की पुतलियाँ घुमाकर आकाश की ओर देखा और फिर एक बनावटी आह भरकर चुप हो रहा।

कुसुम बड़ी दिलचस्पी से उसकी गतिविधि को देख रही थी। उसके उदास चेहरे पर पहले की-सी रंगत और चंचलता आ गयी और उसके होंठ एक प्यारी-सी मुसकान के साथ फूल की भाँति खिलने लगे।

कमल ने अपने अँगूठे और उँगली की सहायता से उसकी ठोड़ी को धीरे से पकड़कर ऊपर उठाया और पूछा–''अरी कुसुमी! भला शरमाना भी कोई जवाब है?''

''हाँ।'' कुसुम ने सिर हिलाकर कहा और फिर वह हँस पड़ी, ''आपको यह भी पता नहीं कि लड़की का शरमाना भी एक जवाब ही तो होता है।''

''अरी, तू तो बड़ी सयानी है। हम समझते थे कि बस बिलकुल बुद्धू हो। अच्छा तो अब यह बात समझ में नहीं आ रही है कि इतना रोने-धोने का क्या मतलब है?''

''जी हाँ, हुआ यह कि जब मैं शरमा गयी तो माता जी ने बड़े गम्भीर स्वर में कहा–तुझे मालूम है कि तेरे बारे में दत्त बाबू ने तेरे बाबू जी से बात कर ली है?''

कमल के हाथ रुक गये। उसे बड़ा आश्चर्य हुआ, "अरे वाह दत्त बाबू! अच्छा तो फिर क्या हुआ?"

"मैं ख़ूब रोयी।"

"बस?"

"बस।"

"लेकिन माता जी ने यह तो नहीं कहा कि उन्होंने दत्त बाबू की बात मान ली है?"

"नहीं, कुछ कहा नहीं—और आज सुबह स्वयं दत्त बाबू मुझसे मिलने के लिए आ धमके।"

30

हों पलकें नम निगाहें मुसकरायें
ख़ुशी में भी हो गम की चाशनी सी।

अभी तक कमल को कुसुम की बातों में से एक भी बात ऐसी नहीं नज़र आयी जिससे उनके रोने-धोने का कारण समझ में आ सके।

सुबह दत्त के आने से तो कुसुम के प्राण ही छूट गये थे, लेकिन कमल को इसमें भी कोई चिन्ता की बात नहीं दिखी। उसने कुसुम को इस प्रकार सम्बोधित किया मानो वह बिलकुल नासमझ बच्चा है। "ओहो! तो दत्त साहब ने क्या बात की?"

"बात तो जो की सुनाती हूँ लेकिन उनका व्यवहार बड़ा विचित्र लगा।"

"विचित्र लगा?"

"हाँ जी, मैं अपने कमरे में अलमारी में एक किताब खोज रही थी...फिर न जाने क्यों मुझे ऐसा लगा मानो कोई और व्यक्ति भी कमरे में मौजूद है। मैंने घूमकर देखा तो दत्त महाशय खड़े थे। लेकिन जिस ढंग से वे खड़े थे उससे तो मेरी चीख निकलते-निकलते रह गयी।"

"क्यों, कैसे खड़े थे?"

"वह दरवाजे के पास एक मूर्ति की तरह खड़े थे। उनकी कमीज़ कोट-पैंट पर एक भी बल नहीं था। उनकी बाँहें दोनों ओर बिलकुल सीधी होकर लटक रही थीं। उनकी आँखें मुझ पर जमी हुई थीं, मुझे देखकर भी जब वह उसी प्रकार खड़े रहे, कुछ हिले-डुले नहीं और न मुँह से कुछ बात की तो मुझे डर लगा।"

"डर लगा, उस चुगद से?"

"अब मैं आपको क्या बताऊँ...

"अच्छा, सुनो!" कमल ने बात काटते हुए कहा—"अन्धेरा हो गया है। अब किसी रोगी के आने की आशा नहीं। आओ, जरा खेतों की तरफ़ टहल आयें।"

"अच्छा।"

दोनों हाथ में हाथ डालकर चल दिये। चलते-चलते कुसुम ने कहा—"मैं कहती हूँ, आप एक कम्पाउण्डर क्यों नहीं रख लेते जो दवा तैयार कर दिया करे। आख़िर सभी काम आपको करने की क्या ज़रूरत है?"

"ठीक है...लेकिन मैं एक ऐसी नर्स की तलाश में था जो डिस्पेंसिंग भी कर सके और रोगियों की देखभाल भी। दरअसल जिन दिनों मैं दूकान की खोज में दिल्ली जाया करता था तब एक ऐसी नर्स से मुलाक़ात हुई थी। उसने काम करने की इच्छा भी प्रकट की। बस, उसी के कारण मैंने किसी और को नौकर नहीं रखा। कल से वह काम शुरू कर देगी।"

"बस, तब ठीक हो जायेगा।"

"हाँ, दत्त के बारे में और क्या बात सुनानी बाक़ी रह गयी है?"

"जी, तो बस मैंने देखा कि वह यूँ खड़े हैं जैसे वहाँ खड़े-खड़े उनके प्राण निकल गये हों और उनका शरीर उसी अवस्था में अकड़कर लकड़ी के समान हो गया हो... मानो युग बीते जब उन्होंने उस जगह मुझे देखा था, फिर उनकी आँखें पथरा गयीं। युग के बाद युग बीतता गया। मानो युगों की गर्द उनके चेहरे, विशेषकर उनकी आँखों पर जमती रही हो।"

"तुम बहुत भावुक लड़की हो।"

"वह कुछ नहीं बोले तो मैंने चाहा कि मैं ही कुछ बोलूँ लेकिन मैं कुछ न बोल सकी। हम कुछ देर तक यूँ ही खड़े रहे। इतने में बाहर से बच्चों के हँसने-बोलने की आवाजें आने लगीं तो मुझे कुछ तसल्ली-सी हुई। मैंने महसूस किया कि मैं इसी दुनिया की बसने वाली हूँ और मेरे शरीर में हिलने-डुलने और जबान में बोलने की भी शक्ति है। और फिर मैंने हिम्मत से काम लेकर कुर्सी की ओर इशारा करते हुए कहा, कि आइये, बैठिये।

"इस पर वे आगे बढ़े—कुर्सी की ओर नहीं, मेरी ओर! और जब वे इतने निकट पहुँच गये कि मैं अपने माथे पर उनकी साँस की हवा महसूस करने लगी तो उन्होंने मेरी आँखों में आँखें डालकर पहले तो कुछ क्षण मुझे घूरा और फिर बोला—कुसुम! मैं आपसे प्रेम करता हूँ, मैंने आपके बाबू जी से कह दिया है...और उन्होंने हाँ कर दी है। अब मैं चाहता हूँ कि आप अपने विचारों को इधर-उधर भटकने से बचायें। यह बहुत जरूरी है। इतना कहकर वह काठ के उल्लू की तरह घूमे और कमरे से बाहर निकल गये।"

यह सुन कमल को बहुत हँसी आयी और बड़ी देर तक वह हँसता रहा। फिर बोला—"अजीब आदमी हैं मिस्टर दत्त! सचमुच उन्हें काठ का उल्लू कहना उचित है।"

कुसुम ने तनिक रुष्ट होकर कहा—"आपको हँसी आ रही है लेकिन सुबह से मेरा मन डूबा जा रहा है, आख़िर क्या होगा?"

अब वे चलते-चलते आमों के एक छोटे-से बाग़ के निकट पहुँच गये थे। कमल कुसुम की पीठ पर हाथ रखकर उसे एक पेड़ के नीचे ले गया। वहाँ वे दोनों एक-दूसरे के आमने-सामने खड़े हो गये।

कमल ने कुसुम की ठोड़ी के नीचे उँगली रखते हुए उसका चेहरा ऊपर को उठाया और रात के पूर्ण सन्नाटे और तारों के मन्द प्रकाश में उनकी आँखें मिलीं। कमल ने दृढ़ स्वर में कहा—"देखो कुसुम! मनुष्य के जीवन में यह मंजिल, जिसमें कि हम दोनों हैं, यद्यपि अस्थायी है, लेकिन इसके परिणाम का बड़ा महत्त्व होता है। विशेषकर हम दोनों का मामला तो बिलकुल ऐसा ही है। अब हम एक-दूसरे को भली प्रकार समझने लगे हैं, इसलिए यह आवश्यक है कि हम केवल रोमांस और भावुकता की दुनिया से निकलकर व्यावहारिक संसार में आयें और अपने बारे में अनुभवहीन दुनिया की भाँति सुलझे हुए विचारों वाले मनुष्यों की भाँति गौर करे।"

"ठीक है।" कुसुम ने कमल के कन्धे पर हाथ रखते हुए जवाब दिया—"और फिर, अब देखने वाले भी हमारे प्रेम के सम्बन्ध में सब कुछ जानने लगे हैं।"

"सच?"

"और नहीं तो क्या? प्रेम भला छिप सकता है। परसों ही तो हमारी धोबिन मुझ से कहने लगी कि आप दोनों की जोड़ी बड़ी ही भली लगती है।"

"अच्छा, तो कुसुम, अब एक बात का मैं बिलकुल सच-सच जवाब चाहता हूँ।"

कुसुम ने तनिक और आगे बढ़कर कहा—"पूछिये, मैं बिलकुल ठीक-ठीक जवाब दूँगी।"

"अच्छा तो बताओ, इससे पहले कभी मिस्टर दत्त ने तुम पर अपना प्रेम प्रकट किया था, या कभी तुमने किया था...या फिर तुम्हारे व्यवहार से उन्हें यह भ्रम हो गया हो कि तुम उनसे प्रेम करती हो?"

"हर बात का जवाब "नहीं" है। मैंने उनसे कभी कोई ऐसी बात नहीं कही और न उन्होंने आज से पहले अपने मुँह से ऐसी बात कही थी। हाँ, वह मेरी ओर पहले से ही बड़ा ध्यान देते थे। अब मैं सोचती हूँ तो महसूस करती हूँ कि उनके मन में ऐसा विचार जरूर रहा होगा।"

"तुम बिलकुल ठीक कह रही हो?"

"बिलकुल ठीक। आपको मुझ पर सन्देह है?"

"नहीं, बिलकुल नहीं...अच्छा, अब एक बात और पूछूँ?"

"पूछिये।"

कमल ने उसका चेहरा दोनों हाथों में ले लिया जो उस समय एक बड़े गुलाब के फूल के समान दिख रहा था। बोला—"कुसुम! तुम अपने हृदय को अच्छी तरह टटोलकर देखो और बताओ कि तुम्हें मुझ से और केवल मुझ से ही प्रेम है?"

कुसुम का चेहरा उसके दोनों हाथों में टिका रहा वह चुप रही। फिर उसके होंठों में कम्पन हुआ किन्तु कोई शब्द नहीं निकला और फिर उसकी आँखों में एक धुन्ध-सी नज़र आने लगी, यहाँ तक कि वे आँसुओं से भर गयी। कमल ने तुरन्त उसका सिर खींचकर अपनी छाती से लगा लिया।

"अब मैं स्वयं तुम्हारी माता जी से मिलकर इस बात का फैसला करूँगा।"

31

मैं मुज़तरिब हूँ वस्ल में खौफ़े रक़ीब से

कुसुम की माता जी से पहले मिलने की योजना कमल ने इसलिए बनायी कि उसके पिता तो दत्त से कुसुम के बारे में "हाँ" कर ही चुके थे, अब यदि माता जी का आशीर्वाद प्राप्त करने में वह सफल हो जाये तो उसका मतलब यह होगा कि उसे निन्यानबे प्रतिशत सफलता प्राप्त हो जायेगी। क्योंकि जहाँ तक उसे पता चला था, उनके घर में पत्नी पति पर हावी थी। कुसुम के पिता की प्यारी तोंद और उनके चेहरे की मूँछों के अतिरिक्त अन्य मर्दानगी के चिह्न जैसे उमादेवी के सामने बिलकुल मिट जाया करते थे।

कमल ने कुसुम से कह दिया कि जिस दिन उसके पिता जी की रात की ड्यूटी हो उस दिन वह उसे अवश्य ख़बर दे दे जिसमें कि वह पूरे इत्मीनान से माता जी से बात कर सके। वह जानता था कि दत्त के बारे में कुसुम के पिता जब एक निश्चय पर पहुँच चुके थे तब बातचीत ख़तरे से खाली नहीं थी।

आख़िर एक सन्ध्या को जब कुसुम खेलने के लिए आयी तब उसने बताया कि आज पिता जी की रात के बारह बजे तक ड्यूटी रहेगी। मैं जल्दी चली जाऊँगी जिसमें यह कि सन्देह न हो कि हम कोई सलाह करके आये हैं। आप साढ़े नौ बजे के करीब पहुँच जाइयेगा क्योंकि उस समय तक माता जी घर के छोटे-मोटे कामों से फ़ुरसत पा लेती हैं।

खेल के बाद जब कुसुम चली गयी तो कमल ने नहा-धोकर भोजन किया। फिर उसने बड़ी सावधानी से एक सूट चुना, जिसका रंग गहरा सुरमयी था। यह सूट उसके गोरे बदन पर ख़ूब सजता था। उसके सिर के बालों में भी हल्की सुरमयी धुन्ध-सी दीख पड़ती थी। बालों के नीचे उसका दमकता हुआ माथा और फिर उसका गोल चेहरा और सुन्दर नख-शिख।

जब वह उमादेवी के घर के निकट पहुँचा तो उसके कदम रुक गये। क्षण भर को उसके शरीर ने फुरहरी-सी ली। वह अँधेरे में खड़ा अपनी आशाओं के उस मन्दिर को देखने लगा। न जाने क्यों उसका हृदय जोर-जोर से धड़कने लगा। पहले कभी ऐसा

नहीं हुआ था। वह सोचने लगा कि यदि उन्होंने इनकार कर दिया तो क्या होगा। अब तक उसे कभी यह ख़याल तक नहीं आया था कि उमादेवी इनकार कर देंगी। लेकिन न जाने क्यों अब उसके मन में फिर सन्देह उठ रहे थे।

वह बढ़ा। उसने देखा कि कुसुम की माता जी नित्य की भाँति बरामदे में एक कोने में बैठी हैं। यह कोना वास्तव में बड़ी प्यारी जगह थी। नीचे गलीचा, एक ओर एक तख़्त, उस पर गद्दा और गाव-तकिये। उनसे जो स्त्रियाँ मिलने के लिए आतीं वे तख़्त पर ही बैठती थीं। इधर-उधर कुछ कुर्सियाँ भी बिछी थीं। यद्यपि कोई अमीराना ठाठ-बाट नहीं था, किन्तु फिर भी हर चीज़ से उनकी सुरुचि का पता चलता था।

वह उस समय सादा सफेद वस्त्र धारण किये तख़्त पर बैठी कोई धार्मिक पुस्तक पढ़ रही थीं। उनके बाल जो अब कुछ हलके पड़ गये थे, अब भी चमकते थे। उनके सफेद बालों की संख्या बहुत अधिक थी। होंठों और आँखों के कोनों में झुर्रियाँ पड़ चली थीं। मुँह में कुछ नकली दाँत थे इसलिए कल्ले अन्दर को धँसने से बच गये थे। उनको देखकर कमल ने अनेक बार सोचा था कि जब वह ज़वान रही होंगी तो काफ़ी सुन्दर होंगी।

वह नपे-तुले कदमों से बरामदे की सीढ़ियाँ चढ़ने लगा।

जैसे ही उसका पहला कदम बरामदे में पड़ा, उमादेवी की आँखें उठीं। निगाहें मिलते ही कमल ने दोनों हाथ जोड़ दिये।

"नमस्ते माता जी।"

"ख़ुश रहो, बेटा।" यह कहते-कहते उनका चेहरा फूल की तरह खिल गया। कमल और आगे बढ़ा।

"आओ बैठो। कुर्सी खिसका लो।"

कमल कुर्सी खींचकर उस पर बैठ गया और अपने हाथों की ओर देखने लगा, क्योंकि वह तो यही प्रकट करना चाहता था कि वह बेवक़्त और बिना किसी उद्देश्य के वहाँ आया है। उमादेवी ने उसके इस व्यवहार को बड़ों के सामने छोटों का स्वाभाविक संकोच समझ कुछ ध्यान न दिया। फिर उन्होंने शायद यह सोचकर कि वह कुसुम से मिलने आया है, कहा—"कुसुम अभी-अभी खाना खाकर कमरे में गयी है। आती ही होगी।"

कमल शरमाकर हँसा, फिर बोला—"जी, कोई बात नहीं। मैं ज़रा यूँ ही मिलने चला आया।"

"हाँ" तो इसमें हर्ज़ ही क्या है? बेटा, यह तुम्हारा घर है। जब और जिस समय जी चाहे आ जाया करो।"

अब कमल यह सोचने लगा कि बात कैसे शुरू की जाये। उसे इस उधेड़बुन में देख उमादेवी ने कहा—"अब तो सर्दी बढ़ती जा रही है।"

"जी? जी—बहुत अच्छा मौसम है।"

"तुम तो बम्बई में रहते हो। मैंने सुना है वहाँ मौसम बहुत अच्छा रहता है।"

"जी, जी हाँ। वहाँ न ऐसी सर्दी पड़ती है, न गर्मी। शहर तो बड़ा घना बसा है लेकिन हमने बम्बई से कुछ दूर पर घर बना लिया था और वहाँ काफ़ी शान्ति भी थी और आसपास हरियाली भी।"

"लेकिन फिर भी वहाँ तुम्हारा जी नहीं लगा, क्यों?"

"मैंने आपको बताया था न कि पिता जी की मृत्यु के कारण मेरा मन बहुत उदास हो गया। यद्यपि मृत्यु से कुछ ही समय पहले उन्होंने यह नया मकान बनवाया था, वह चाहते थे कि मेरे विलायत से लौटने पर वह मेरा विवाह करेंगे और उसी नये मकान में अपनी पुत्र-वधू को उतारेंगे लेकिन वह ऐसा नहीं कर सके। मृत्यु ने उन्हें पहले ही इस संसार से उठा लिया।"

कुछ क्षणों तक उमादेवी पूर्ण निस्तब्ध रहीं। किन्तु कमल ने अपनी बात ज़ारी रखी, "मैंने मकान बेचना चाहा लेकिन जल्दी में कोई अच्छा ग्राहक नहीं मिल सका।"

उमादेवी चुपचाप अपने विचारों में डूबी हुई थीं। कमल ने बात का रुख बदलते हुए कहा—जी, आज मैं ज़रा एक ख़ास काम से आया था।"

उमादेवी बोलीं—"अपने पिता जी के बारे में कुछ और बताओ। उनका व्यक्तित्व बड़ा दिलचस्प मालूम होता है।"

कमल ने उत्तर दिया—"माता जी, उनके जीवन में एक बहुत गहरा भेद था। मुझे उसका अच्छी तरह पता नहीं चल सका। मेरे विचार में जैसे कि मैंने पहले भी एक बार आपको बतलाया था, किसी लड़की का उनके जीवन पर बड़ा गहरा प्रभाव पड़ा था। वह उस लड़की को मरते दम तक नहीं भुला सके। वह वास्तव में बड़े भावुक आदमी थे। इसी कारण उनका हृदय इस दुःख को सहन नहीं कर सका। अपनी भावनाओं को अत्यधिक दबाने के कारण उनका हृदय दुर्बल होता चला गया। काश, उनको मेरी शादी का आनन्द प्राप्त हो सकता तो इससे उनकी आत्मा को अवश्य कुछ-न-कुछ शान्ति मिल जाती।"

कमल ने देखा कि उमादेवी ने दीवार की ओर मुँह फेर लिया। उसने सोचा कि वह उसकी बातों से काफ़ी प्रभावित हुई है और अपनी बात कहने का बड़ा अच्छा अवसर है। अतएव वह बोला—"मैं आज ज़रा ख़ास काम से आया हूँ।"

"कहो।" उमादेवी ने बहुत धीमे स्वर में कहा।

अब फिर कमल को बड़ी कठिनाई का सामना हुआ कि वह कैसे अपने मन की बात कहे।

सहसा उमादेवी उठ खड़ी हुईं और बोलीं—"आओ, अन्दर चलें।"

कमल ने सोचा कि शायद काम बिगड़ गया। वह अनमने ढंग से उठकर उनके पीछे-पीछे हो लिया।

सोने वाले कमरे में पहुँचकर उमादेवी ने भीतर से द्वार बन्द कर लिया। स्वयं पलंग पर बैठकर सामनेवाले पलंग पर कमल को बैठने का संकेत किया।

बिजली के तीव्र प्रकाश में वह एक देवी के समान दिखायी पड़ रही थीं। दोनों की आँखें मिलीं तो उमादेवी मुस्कराकर बोलीं—"मैं जानती हूँ तुम क्या कहना चाहते हो।"

कमल का शरीर पसीने से तर हो गया। किंचित् विलम्ब के बाद वह फिर बोलीं—"और मेरा जवाब...?"

फिर सहसा वह अपने पलंग से उठकर उसके पास आयीं और उसके पलंग पर बैठकर दोनों कन्धों पर हाथ रख उसे अपनी ओर खीचा, इतने जोर से कमल के घुटने नीचे जमीन पर आ रहे और उसका सिर उनकी गोद में।

उन्होंने दोनों हाथों में उसका चेहरा थाम लिया, उसी तरह जैसे वह नन्हा-मुन्ना बच्चा हो और फिर झुककर उसके माथे को उसी प्रकार चूम लिया जैसे एक माँ अपने बच्चे को प्यार करती है। फिर वह आँसुओं से भीगी आँखों से उसे देखती थरथराती आवाज़ में बोलीं—"जुग-जुग बनी रहे दोनों की जोड़ी।"

32

ज़िक्र उस परीवश का और फिर बयां अपना
बन गया रक़ीब आख़िर था जो राज़दाँ अपना।

दस बजे के करीब कमल उमादेवी से विदा होकर प्रसन्नचित्त जब कमरे से बाहर निकला तो उसकी निगाहें कुसुम की खोज़ में इधर-उधर दौड़ीं लेकिन उसका कहीं पता नहीं था। उसने सोचा सो गयी होगी, इस समय जगाना उचित नहीं। कल यह सुखद समाचार उसे सुनाया जायेगा।

अभी वह बरामदे से उतरकर कुछ ही कदम बढ़ा था कि एक खम्भे के पीछे से कुसुम निकल आयी और आते ही उसने उसका हाथ थाम लिया। वह साकार प्रश्न बनी हुई थी। "अरे! तुम यहाँ सर्दी में क्या कर रही हो?" उसने चलते-चलते उसे अपनी बाँह के घेरे में लेते हुए महसूस किया कि उसका शरीर और कपड़े बिलकुल ठण्डे हो रहे हैं, "भई, यह क्या नादानी है! इतनी सर्दी में कब से खड़ी हो?" उसने तनिक नाराज़गी प्रकट करते हुए पूछा।

उसका स्वर कठोर था। इसका कारण सम्भवतः यह था कि अब वह उसकी हो चुकी थी और अब उसकी जरा-सी तक़लीफ़ उसके दुःख और परेशानी का कारण बन सकती थी।

कुसुम ने शिकायत-भरी दृष्टि से उसकी ओर देखा और मुँह बिसूर कर बोली—"इस समय आपको ये बातें सूझ रही हैं?"

कमल ने रुककर कुसुम के सजल नेत्रों की ओर देखा तो उसे ख़याल आया कि सचमुच उसने बड़ी.ज्यादती की है।

"ओह! माफ करना, भई!"

"अच्छा बताओ, उन्होंने क्या जवाब दिया?"

इस पर कमल ने बड़ी गम्भीर मुद्रा बना ली। कुसुम परेशान-सी हो गयी। यह देखकर कमल ने दोनों हाथों से उसके चेहरे से बाल हटाते हुए उसकी धनुष के समान भौंह को प्रेम से चूमते हुए कहा—"यही उनका जवाब था।"

"सच?"

"सच!"

फाटक से दो कदम बाहर निकलकर वह उसके साथ लगकर खड़ी हो गयी। उसकी आँखें बन्द थीं। ऐसा लगता था मानो वह हमेशा इसी प्रकार खड़ी रहेगी। कमल ने उसके गाल को धीरे से थपथपाते हुए कहा—"अच्छा कुसुम! तुम अन्दर जाओ। तुमने कोई गरम कपड़ा नहीं पहन रखा है।"

कुसुम ने झुरझुरी लेकर कहा—"अच्छा, लेकिन न जाने क्यों मुझे अन्धेरे में डर लग रहा है।"

कमल हँस पड़ा, "अच्छा तो मैं वहाँ खड़ा होकर तुम्हें देखता रहूँगा। जब तक बरामदे के अन्दर न चली जाओगी मैं यही खड़ा रहूँगा।"

कुसुम हृदय पर पत्थर रखकर लौटी। उसकी आँखों में शिकायत की झलक थी। कमल ने तनिक आगे बढ़कर कहा—"कल मिलेंगे और ख़ूब बातें करेंगे। ठीक?"

कुसुम ने सिर हिलाकर "अच्छा" कहा और धीरे-धीरे वापस चल पड़ी।

वह उसको वापस जाते देखता रहा। जब वह बरामदे में पहुँच गयी तब उसने घूमकर देखा तो कमल की केवल छाया-सी दिखायी पड़ रही थी। उसने बड़े अन्दाज़ से अपना हाथ हिलाकर उससे विदा ली।

कुसुम ने मकान के अन्दर चले जाने पर भी कमल कुछ देर खड़ा रहा। फिर सहसा उसके कान में किसी की आवाज आयी—"आइये, अब चलें।"

कमल को बड़ा आश्चर्य हुआ। उसने सिर घुमाकर देखा, तो एक पुरुष को अपने निकट खड़ा पाया। वह कौन था?

ध्यान से देखने पर उसने पहचाना कि वह मिस्टर दत्त थे।

"हलो, मिस्टर दत्त!"

"आपकी मोहब्बत खींच लायी।"

"लेकिन मुलाक़ात का बड़ा अजीब ढंग अपनाया है आपने।" कमल ने हँसते हुए कहा और धीरे-धीरे चलना शुरू कर दिया।

दत्त भी साथ-साथ चलने लगा, और रूखे स्वर में बोला—"मिस्टर कमल! कुछ लोग अपनी इच्छित वस्तु को प्राप्त करने के लिए इससे भी अजीब ढंग अपनाते हैं।"

"मैं आपका मतलब नहीं समझा।"

"कभी-कभी जान-बूझकर न समझना भी बड़ा लाभ पहुँचाता है।"

"आप पहेलियाँ बुझा रहे हैं!"

"लेकिन पहेलियाँ बुझाने का काम शुरू आप ही ने किया था।"

"क्यों, कुशल तो है?"

"अभी तक आपकी ओर कुशल है लेकिन इधर कुशल नहीं है।"

"क्यों? आपकी तबीयत तो ठीक है न? आज आप बहकी-बहकी बातें कर रहे हैं।"

"जिसके होश ठिकाने न हों वह बेचारा बहकी-बहकी बातें न करे तो क्या करे?"

"लेकिन आज ऐसी कौन-सी बात हो गयी जिसके कारण आपके होश ठिकाने नहीं रहे?"

"यह आप पूछते हैं?"

"क्यों, क्या मेरे पूछने में कोई हर्ज़ है?"

"हर्ज़ तो नहीं है लेकिन अफ़सोस यह है कि आप ही ने मेरी यह हालत कर दी है और आप ही इस भोलेपन से पूछते हैं कि...।"

"मैंने?"

"जी! मेरा मतलब कुसुम से है।"

"कुसुम?"

"जी।"

"ज़रा खोलकर कहिये।"

"अब इससे अधिक खोलकर क्या कहूँ कि आपने मुझे तबाह और बर्बाद करने के मंसूबे बना रखे हैं।"

"लेकिन मिस्टर दत्त! आप ऐसा क्यों सोचते हैं? मेरे ख़याल में हम दोनों की आपस में कभी कोई रंजिश भी तो नहीं हुई!"

"यह बिलकुल गलत है, और कृपा कर आप इतने भोले न बनिये। इससे मुझे और अधिक दुःख होता है।"

"लेकिन आप मुझ पर बिलकुल निराधार आरोप लगा रहे हैं।"

"निराधार कैसे? क्या यह सही नहीं है कि आप कुसुम से विवाह करना चाहते हैं? आप दोनों की बातों से प्रकट होता था कि आपने माता जी का आशीर्वाद भी प्राप्त कर

लिया है। क्या यह सच नहीं है कि आपने अपने उद्देश्य की पूर्ति के लिए पहले तो उस भोली-भाली लड़की को बहकाया...''

''बहकाया? कृपा कर ऐसे शब्दों का प्रयोग न कीजिये। कुसुम मुझे प्यार करती है और मैं उसे प्यार करता हूँ।''

''प्यार? उँह, भला उस भोली लड़की को प्यार का क्या पता?''

''वह मुझे पसन्द करती है। आपको मालूम होना चाहिए कि उसकी आयु सोलह वर्ष से ऊपर हो चुकी है, और भारत में जब सोलह वर्ष की कोई लड़की किसी युवक को पसन्द करती है तो उसे सच्चे दिल से प्यार करती है।

वह प्यार के बारे में सब कुछ समझती है।''

''लेकिन अगर आप न आते तो वह मेरी होती।''

''आपका यह ख़याल गलत है। आप मुझे सच-सच बताइये, क्या कभी उसने आपको प्यार किया है? कभी आपके गले में अपनी बांहें डाली हैं? कभी आपकी छाती से लिपटी हैं? कभी उसने आपसे कहा है कि वह आपसे प्यार करती है? कभी आपके सामने उसने यह बात स्वीकार की है कि उसके मन में आपके लिए स्थान है? आप स्वयं ठण्डे दिल से सोचिये कि वह आपको प्यार करती थी या नहीं?''

''लेकिन इसके बावज़ूद अगर आप दख़ल न देते तो वह मेरी और केवल मेरी होती। उसके पिता मेरे साथ उसका विवाह करने पर करीब-करीब राजी हो चुके हैं।''

''लेकिन यह सिर्फ धोखा देने है। कुसुम के माता-पिता को और स्वयं अपने आपको—यदि मुझे इस बात का तनिक भी सन्देह होता कि कुसुम आपको प्यार करती है तो मैं कभी भी दख़ल न देता। लेकिन कुसुम ने कभी आपको प्यार नहीं किया। आप उसके पिता जी को बहकाकर उसे हथियाना चाहते थे।''

यह सुन दत्त चलते-चलते रुक गया और दृढ़ स्वर में बोला—''लेकिन आपको यह मालूम होना चाहिए कि जब मैं किसी चीज़ को प्राप्त करने का निश्चय कर लेता हूँ तो उसे प्राप्त करके रहता हूँ।''

कमल को क्रोध आ गया। वह गर्म होकर बोला—''बहुत अच्छा साहब बहादुर, तो फिर प्राप्त करके रहिये।''

यह कह वह आगे बढ़ गया लेकिन दत्त वहीं पर खड़ा रहा और पीछे से पुकारकर बोला—''मिस्टर कमल! कुसुम यदि मेरी नहीं बन सकती तो याद रखिये, वह आपकी भी नहीं बन सकेगी।''

कमल ने कोई उत्तर न दिया, मानो उसने यह बात सुनी ही नहीं।

33

किस्मत की ख़ूबी देखिये, टूटी कहाँ कमन्द
दो-चार हाथ जब कि लबे-बाम रह गया।

अब एक एंग्लो-इण्डियन नर्स भी काम करने के लिए आ गयी थी। वह नर्स भी थी और कम्पाउण्डर भी। उसे रहने के लिए मकान ही का एक कमरा दे दिया गया था। देखने में वह यूरोपियन दिखती थी, लेकिन भारतीय ढंग की बनी हुई रोटी और सब्जी बड़े चाव से खाती थी।

सब लोग नर्स को "मेमसाहब" के नाम से पुकारते थे। उसकी अवस्था चालीस वर्ष के लगभग होगी। बदन दोहरा, आँखें नीली, बाल भूरे, होंठ पतले, नाक सुन्दर और चेहरे पर छोटे-छोटे दाग थे जो बिल्कुल निकट से दिखायी देते थे। बड़ी हँसमुख और मिलनसार स्त्री थी। भारी-भरकम कमर के गिर्द लिपटे हुए स्कर्ट के नीचे से निकली हुई उसकी मोटी और सुडौल पिण्डलियाँ ख़ूब दमकती थीं। उसके टखने बहुत पतले और पाँव छोटे थे। काफ़ी स्थूल होने पर भी वह बड़ी फुर्तीली थी। नपे-तुले कदमों के साथ इतनी तेजी से चलती कि देखनेवाले को एकदम हँसी आ जाती थी, और वह सोचने लगता था कि इतनी मोटी स्त्री इतनी तेजी से कैसे चलती है। उसके आने से घर में खासी रौनक़ हो गयी थी। विशेषकर बच्चों "पप्पा" अर्थात् लाला की उससे पहले दिन से ही गाढ़ी छनने लगी। इसका परिणाम यह निकला कि कुछ ही दिन बीते थे कि लाला ने एक पतलून सिलवा ली।

उधर प्रकाश ने कमल और कुसुम के विवाह को व्यावहारिक रूप देने के लिए कुसुम के घर जाकर बातचीत और आगे बढ़ायी। असल रुकावट कुसुम के पिता ही थे जो दत्त से करीब-करीब "हाँ" कर चुके थे।

जिस दिन प्रकाश कुसुम के पिता से इस सम्बन्ध में बातचीत करने गया, उस दिन कमल अनायास थोड़ा चिन्तित हो रहा था। खाने का समय हो जाने पर जब नौकर उसको बुलाने के लिए आया तो उसने यह कहकर टाल दिया कि प्रकाश बाहर गये हैं, जब वह आयेंगे तब सब लोग इकट्ठा भोजन करेंगे, यद्यपि उस समय साढ़े ग्यारह बज चुके थे और वहाँ कोई रोगी भी मौज़ूद नहीं था। वह नर्स से गप-शप हाँक रहा था।

आधा घण्टे के बाद उसे प्रकाश की सूरत दिखायी दी जो सीधा डिस्पेंसरी की ओर आ रहा था। लेकिन उसका मुँह लटका हुआ था। यह देख कमल ने सोचा कि अवश्य ही मामला खटाई में पड़ गया। उसने प्रकाश के वहाँ पहुँचते ही पूछा–"कहो, भाई?"

"क्या कहूँ?"

"कैसी रही?"

"कैसे कहूँ?"

"अजब नालायक हो!"

"अजी साहब, नालायक आप हैं। भला सोचिये तो, एक भूखाप्यासा आदमी क्या बोल सकता है!"

अब कमल के दिल में आशा की किरण चमकी। हँसकर बोला—"यह बात है! अरे, खाना क्या तुम्हें रसगुल्लों में दफ़न कर दूँगा, बोलो।"

"ओ.के., अब ठीक है। पर भई, कुछ पूछो नहीं। बड़ी मुश्किल पेश आयी। बड़ा टेढ़ा मामला आ पड़ा था। उनके घर में पूरी जंग छिड़ गयी थी।"

"क्यों, क्या आपत्ति थी कुसुम के पिता को?"

"आपत्ति कुछ नहीं। वह कहते थे कि कमल के बारे में मुझे न कोई शिकायत है और न मुझे उसकी कोई बात नापसन्द है। मुश्किल बात यही है कि मैंने दत्त को वचन दे दिया है।"

"तब फिर?"

"फिर यह कि मैंने और उमादेवी ने समझाया कि वे दिन लद गये जब माता-पिता अपनी इच्छा से वचन से दिया करते थे। अब तो जवान लड़की-लड़कों की राय लेना बहुत ज़रूरी हो गया।"

"अच्छा?"

"वह कहने लगे कि भई, मैं इन सब बातों को समझता हूँ लेकिन जिन दिनों दत्त ने कुसुम के सम्बन्ध में बातचीत की थी उन दिनों और लड़का हमारी नज़र में भी नहीं था। यह बात कुसुम की माँ को भी मालूम है। यह ठीक है कि हमने कभी "हाँ" नहीं की लेकिन उसने मुझे इस बात से कभी मना नहीं किया। मैं इसका यही मतलब समझा कि उसे कोई आपत्ति नहीं, लेकिन अब वह मेरे खिलाफ़ हो गयी है।"

"उमादेवी ने इस आपत्ति का यह ज़वाब दिया था कि जब उन्हें पता चला कि उनकी बेटी किसी विशेष व्यक्ति से प्यार करती है और उस व्यक्ति में कोई दोष नहीं तब उन्होंने अपना यह धर्म समझा कि अपनी बेटी के जीवन को सुखी और सफल बनाने के लिए जो कुछ भी उनसे बन पड़े, करें...तो भई, सारांश यह है कि अब वह बात पक्की हो गयी है क्योंकि आज यही तय हुआ है कि जिस तरह भी बन पड़े दत्त को यह बात साफ-साफ समझा दी जाये और कह दिया जाये कि कुसुम का उसके साथ विवाह असम्भव है!"

कमल ने उठकर प्रकाश को गले से लगा लिया और फिर वे हँसते हुए भोजन के लिए चल पड़े। जैसे ही घर के लोगों को कमल और कुसुम की बात पक्की हो जाने

का पता चला, सभी बड़े प्रसन्न हुए और उसी दिन शाम को एक शानदान ''टी पार्टी'' का आयोजन किया गया।

शाम हुई तो अपनी डिस्पेंसरी में बैठे-बैठे कमल ने देखा कि ''लॉन'' में बड़ी मेज के चारों ओर कुर्सियाँ बिछायी जा रही हैं। उस पार्टी में बाहर का कोई आदमी नहीं बुलाया गया था, सब घर के ही लोग थे, इसलिए केवल एक ही बड़ी मेज़ बाहर निकाली गयी थी।

नर्स भी प्रसन्न दिखती थी और अपनी प्रसन्नता का अनेक प्रकार से प्रदर्शन कर रही थी।

इतने में कमल ने देखा कि एक पुराना-सा तांगा डिस्पेंसरी के पास आकर रुका और उस पर से मिस्टर दत्त और एक और अपरिचित व्यक्ति उतरे।

वे निकट पहुँचे तो कमल ने देखा कि दत्त की हालत बिगड़ी हुई है। चेहरा फीका पड़ा हुआ है और वह बिलकुल निढाल हो रहा है। इसके पहले कि कमल कुछ पूछे, दत्त के साथी ने कहा कि इन्हें हैजा हो गया है। जल्दी से इनका मुआइना कीजिये।

दत्त को जल्दी से अन्दर ले जाया गया। जब से नर्स आयी थी, उन्होंने दो पलंगों का भी प्रबन्ध कर लिया था। कमल ने बड़ी सावधानी से दत्त की देखभाल की। वह बहुत कमजोर हो गया था। कमल ने ''एण्टी कॉलरा'' का टीका लगा दिया और उसे बिस्तर पर आराम से लिटा दिया। जब कमल दत्त का निरीक्षण कर रहा था तब उसे उसकी आँखों में एक विचित्र-सा भाव दिखा, जिसे वह समझ नहीं पाया। आपस में अधिक बातें भी नहीं हुईं, केवल दत्त के साथी से पता चला कि तीन-चार घण्टा पहले कुसुम के यहाँ गये थे, वहीं पर दत्त को एकदम दस्त आने शुरू हो गये।

शाम को चाय-पार्टी के बाद कमल एक बार फिर दत्त को देखने गया। वह आराम से सो रहा था। कमल ने नर्स को आदेश दिया कि उसे सोने दिया जाये।

दत्त के साथी को भी वहीं पर सोने के लिए कहा गया लेकिन उसने कहा कि वह अपने एक और मित्र के यहाँ जाकर सो रहेगा। लेकिन पहले उसे यह इत्मीनान हो जाये कि दत्त की हालत सुधर रही है।

रात को किसी के द्वार खटखटाने पर कमल की आँख खुल गयी। उसे आश्चर्य हुआ। उसने समझा कि शायद दत्त की हालत अधिक बिगड़ गई है। दरवाज़ा खोला तो सामने पुलिस को खड़े पाया। कमल के आश्चर्य की सीमा न रही। उसने घबराकर कहा—''कहिये!''

''आपको थाने चलना होगा।''

''क्यों, कुशल तो है?''

''आपकी डिस्पेंसरी में मिस्टर दत्त मरे हुए पाये गये हैं। स्थिति सन्देहजनक है इसलिए...।''

कमल एक कदम पीछे हट गया।

34

तोहमत तुम्हारे क़तल की मुझ पर लगी हुई।

दत्त की हत्या के अभियोग में गिरफ्तार कमल अदालत के कटघरे में खड़ा था।

इस घटना को घटे तीन मास बीत चुके थे। जिस रात पुलिस कमल को थाने ले गयी उसके दूसरे दिन न केवल दिल्ली बल्कि समस्त भारत के समाचारपत्रों ने भी यह समाचार बड़े मोटे-मोटे शीर्षकों के साथ छापा।

यह बात मशहूर हो गई थी कि कमल ने कुसुम को प्राप्त करने के लिए अवसर पाकर अपने मार्ग से अपने प्रतिद्वन्द्वी को हटा दिया। गुड़गाँव में सब लोग इस बात से परिचित थे कि कुसुम और कमल एक-दूसरे से प्रेम करते हैं। अनेक आदमियों ने उनको इकट्ठे खेतों और गुड़गाँव के आसपास घूमते देखा था। साधारणतः इस सुन्दर जोड़ी को बहुत पसन्द किया जाता था और लोग उनकी तारीफ़ करते थे।

कमल तो बिलकुल भौंचक्का रह गया था कि एक बार तो उसके होश बिलकुल उड़ गये। वह स्वयं कुछ सोचने में असमर्थ था। क्या अनजाने घृणा-भाव के अन्तर्गत उसने दत्त को मारफिया का इन्जेक्शन दे दिया था? पोस्ट मार्टम से यह बात सिद्ध हुई थी कि उसे मारफिया का इन्जेक्शन दिया गया और इसी कारण उसकी मृत्यु हुई है।

इन तीन महीनों में कमल की सूरत में ज़मीन-आसमान का अन्तर आगया था। उसका चेहरा पीला पड़ गया था, कल्लों की हड्डियाँ तनिक उभर आगी थीं। आँखों में उदासी झलकती थी।

अदालत में कुसुम, उसके माता-पिता, प्रकाश और उसके घर के सब लोक भी मौज़ूद रहते थे।

कुसुम बेचारी की दशा भी बड़ी दयनीय थी। उसकी आँखें मानो आश्चर्य और दुःख के कारण खुली-की-खुली रह गई थीं। उसकी दृष्टि कमल के चेहरे पर जमी हुई थी जिसे वह एक क्षण के लिए भी हटाना नहीं चाहती थी।

पुलिस की ओर से अभियुक्त के विरुद्ध जो रिपोर्ट दी गई उसका विवरण संक्षेप में इस प्रकार था–

दिनांक...के दिन मिस्टर दत्त नई दिल्ली से अपने एक मित्र श्री देव प्रकाश मित्तल के साथ गुड़गाँव में श्री रामचन्द्र त्रिपाठी से मिलने के लिए आये। उनसे उनकी पुरानी जानकारी थी इसलिए वह अकसर वहाँ आया जाया करते थे।

यह भी एक तथ्य है कि श्री त्रिपाठी की पुत्री कुसुम और मृतक श्री दत्त आपस में प्रेम करते थे। एक प्रतिष्ठित व्यक्ति के नाते दत्त ने लड़की के बाप से यह इच्छा

प्रकट की कि वह उसके साथ अपनी पुत्री का विवाह कर दें। मृतक का यह प्रस्ताव स्वीकार कर लिया गया, जैसा कि स्वयं श्री त्रिपाठी के बयान से प्रकट हैं।

इनके सम्बन्ध इस मंजिल पर थे कि अभियुक्त गुड़गाँव में आया और आते ही उसने कुसुम पर डोरे डालने शुरू कर दिये। यह विश्वास करने के कारण स्पष्ट है कि मृतक ने अभियुक्त को ऐसा करने से मना किया किन्तु अभियुक्त ने उलटे उसे धमकियाँ दीं।

अन्त में घटना के दिन जब मृतक श्री त्रिपाठी के यहाँ पहुँचा तब उसने वहीं भोजन किया। भोजन करने के बाद उसे कोई तकलीफ़ नहीं महसूस हुई। फिर चार बजे उसने चाय पी—चाय का एक प्याला। दिन ढले उसे पेट में कुछ गड़बड़ी का अनुभव हुआ जिसके बाद लगातार कई दस्त आये। यद्यपि वह इलाज के लिए अभियुक्त के पास नहीं जाना चाहता था किन्तु उस समय मजबूरी थी और दूसरा कोई उपाय नहीं था।

इसलिए उसके मित्र श्री मित्तल उसे तांगे में बिठाकर अभियुक्त की डिस्पेंसरी में ले गये।

अभियुक्त ने मृतक का मुआइना किया और फिर जब कि कोई और व्यक्ति वहाँ नहीं था उसने मारफिया की टीका लगा दिया और स्वयं वहाँ से चला गया।

यह एक तथ्य है कि इतने घृणित ढंग से किसी भी डॉक्टर ने कभी किसी रोगी की हत्या नहीं की होगी।

श्री मित्तल से कहा गया कि वह भी वहाँ पर सो जायें किन्तु श्री मित्तल के मन में एक अनजाना-सा भय बैठ गया था। इसलिए उन्होंने इनकार कर दिया। उन्होंने कहा कि मृतक की दशा सुधर जाये तो वह अपने एक मित्र के यहाँ जाकर सो जायेंगे। बल्कि अपनी उनकी हार्दिक इच्छा थी कि यदि बन पड़े तो वह मृतक को भी अपने साथ लेते जायें क्योंकि वह किसी अज्ञात भय के कारण अपने मित्र को भी वहाँ छोड़कर नहीं जाना चाहते थे।

इन्जेक्शन के बाद अभियुक्त चाय पीने के लिए चला गया।

नर्स भी उसके साथ गयी, लेकिन शीघ्र ही लौट आयी।

और वे काफ़ी देर तक आपस में इधर-उधर की बातें करते रहे।

इससे काफ़ी देर बाद अभियुक्त आया और उसने मृतक को देखकर कहा कि वह सो रहा है इसलिए उसे आराम करने दिया जाये। इस पर सब लोग कमरें से बाहर निकल आये।

उस समय अभियुक्त ने श्री मित्तल से कहा कि वह अपने मित्र के यहाँ चले जायें। क्योंकि अब दत्त जीवन ख़तरे से बाहर है।

श्री मित्तल ने कहा कि वह चले जायेंगे लेकिन अभियुक्त के जाने के बाद भी श्री मित्तल वहाँ रहे, क्योंकि वे चाहते थे कि उनका मित्र जागे तो वह उससे कहकर वहाँ से जायें या यदि हो सके तो वह उसे भी वहाँ से लेते जायें, क्योंकि उन्हें यह बात याद थी कि कैसे मृतक अभियुक्त से अपना इलाज कराने पर जल्दी से राजी नहीं हुआ था।

इसी प्रकार रात के साढ़े दस बज गये। मृतक उसी तरह बेहोश या अभियुक्त के शब्दों में सोया पड़ा रहा। अतएव श्री मित्तल नर्स को लेकर अपने मित्र के पलंग के निकट पहुँचे कि शायद वह जाग जाये तो दो बातें हो सकें।

लेकिन उन्हें कुछ बड़ी अजीब-सी बात महसूस हुई। वह यह कि मृतक के साँस लेने के लक्षण बिलकुल नहीं दीख रहे थे।

इस पर श्री मित्तल ने मृतक की कलाई थाम ली। हाथ बिलकुल ठण्डा था और नाड़ी बन्द थी।

नर्स ने कुछ घबराकर स्टेथेस्कोप लगाकर हृदय की गति देखी किन्तु वह भी बन्द थी।

फिर नर्स ने मृतक के पपोटे हटाकर पुतलियाँ देखीं तो वे बिलकुल निस्तेज थीं। यह सब देख नर्स की धीमी-सी चीख निकल पड़ी। यह "डॉक्टर, डॉक्टर" कहती हुई वहाँ से भागने लगी तो श्री मित्तल ने उसका हाथ पकड़ लिया और कहा कि अब डॉक्टर को बुलाना बेकार है। अच्छा यह होगा कि आप मेरे साथ थाने चलिये। मुझे कुछ सन्देह हो रहा है। मैं आपको यहाँ छोड़कर जाऊँगा तो हो सकता है कि आप डॉक्टर को सूचित कर दें और वह गायब हो जाये। इस पर नर्स ने उत्तर दिया कि डाक्टर ने उसे नहीं मारा। श्री मित्तल ने कहा कि मैं यह नहीं कहता कि डाक्टर ने ही इसे जान से मारा है, लेकिन यह बड़ी अजीब बात है कि इन्जेक्शन के बाद से दत्त ने एक बात तक नहीं की। इसलिए मामला सन्देहजनक है। अगर आप मेरा साथ नहीं देतीं तो इसका साफ़ मतलब यह होगा कि इस मामले में आपका भी हाथ है। श्री मित्तल के यह कहने पर नर्स उनके साथ थाने आ गयी। वे लोग ग्यारह बजे के लगभग थाने पहुँचे और वहाँ से सब-इंस्पेक्टर पुलिस राठौर सिंह घटनास्थल पर तफ़तीश के लिए पहुँचे और अभियुक्त को हिरासत में ले लिया गया।

पोस्ट-मार्टम से यह बात स्पष्ट है कि मृतक मारफिया के इन्जेक्शन के कारण ही मरा था।

यह रिपोर्ट बड़े विस्तार के साथ अदालत में पेश की गयी और यह बात हर प्रकार से सिद्ध करने का प्रयत्न किया गया कि कमल अपराधी है।

35

सुननी पड़ ही गयी सब की बातें
बात कुछ भी न सही, हाँ न सही।

पुलिस अपना केस पेश कर चुकी तो अभियुक्त की ओर से जवाबी कार्यवाही आरम्भ हुई।

गवाहों की पेशी और बहस आदि में कई महीने लग गये। अभियुक्त की ओर से प्रसिद्ध वकील श्री खन्ना पैरवी कर रहे थे जो अपनी कानूनी योग्यता के कारण दिल्ली और पंजाब में विख़्यात थे। जवाबी बयान, गवाहों के बयान, जिरह और वकीलों की नोक-झोंक का सार इस प्रकार है—

सबसे पहली बात अभियुक्त के पक्ष में यह कही गयी कि वह एक शिक्षित और सभ्य व्यक्ति था जो कई वर्ष विलायत में बिता चुका था और उसके जीवन का पिछला इतिहास ऐसा नहीं था जिससे उसकी अपराधी प्रवृत्ति का प्रमाण मिले। लेकिन प्रकट है कि यह तर्क कानून की दृष्टि में विशेष महत्त्व नहीं रखता था। जहाँ तक कुसुम और उसके प्रेम का सम्बन्ध था, वह दोनों स्वीकार करते थे; अर्थात् दोनों एक-दूसरे से प्रेम करते थे और करते हैं। सम्भवतः इस तथाकथित आरोप की नींव भी इसी बात पर रखी गयी थी। लेकिन इस सम्बन्ध में कुछ बहुत ही महत्त्वपूर्ण बातें ध्यान देने योग्य हैं—

1. कुसुम को इस बात की ख़बर नहीं थी कि मृतक दत्त के उसके घर आने-जाने का क्या मतलब है और न उसे कभी दत्त से प्रेम था।

2. कमल से उसका प्रेम किसी दबाव के अन्तर्गत नहीं था बल्कि यह एक स्वाभाविक आकर्षण था जो उसने अनुभव किया।

3. कमल को अपनी इच्छित लड़की का प्रेम प्राप्त था इसलिए उसका दत्त को अपनी राह में बाधक समझना असम्भव था।

4. जहाँ तक लड़की के माता-पिता का सम्बन्ध था, उनकी स्वीकृति भी कमल को प्राप्त हो गयी थी।

5. इन दोनों के स्वाभाविक प्रेम और फिर लड़की के माता-पिता की स्वीकृति के कारण दत्त कमल को अपने मार्ग में बाधक समझता था जैसा कि उसके पत्रों से, जो उसने कुसुम को लिखे, प्रकट होता है।

6. दत्त ने कुसुम को हाथ से जाते देख कमल पर एक अत्यन्त घृणित वार किया जिससे कि उसकी आशाओं, आकाँक्षाओं और उमंगों पर पानी पड़ जाये।

"मी लार्ड!" श्री खन्ना ने जज को सम्बोधित कर कहना शुरू किया—"जब तक यह बात सिद्ध न हो जाये कि दत्त ने स्वयं अपनी हत्या कैसे की तब तक अभियुक्त

को इस अभियोग से बरी नहीं समझा जा सकता, लेकिन उपर्युक्त दलीलों और घटनाओं की रोशनी में इस तथ्य पर अधिक प्रकाश डालने की आवश्यकता नहीं रहती कि अभियुक्त मृतक दत्त को अपने मार्ग में बिलकुल बाधक नहीं समझता था। बल्कि इस बात के अवश्य ही स्पष्ट प्रमाण मिलते हैं कि मृतक दत्त अभियुक्त को अपने मार्ग में ज़रूर बाधक समझता था। लेकिन इस मामले का सबसे दिलचस्प पहलू यह है कि मृतक ने अभियुक्त की जान पर हमला करने की जगह अपनी जान ऐसी परिस्थितियों में दी कि उसका प्रतिद्वन्द्वी खामखाह उसमें फँस गया। यह एक दुर्बल, असफल, विवश लेकिन एक अस्वस्थ मस्तिष्क वाले मनुष्य का अन्तिम हथियार था। अब सवाल यह है कि उसने यह कैसे किया।

उस दिन वह अपने मित्र मित्तल को तफरीह के बहाने अपने साथ गुड़गाँव लाया जिससे कि वह गवाह रहे। उसका मित्र उसकी योजना से बिलकुल अनभिज्ञ था। लेकिन इतनी बात वह मानता है कि दत्त का मन उदास हो रहा था। वह चिन्तित था, यद्यपि उस समय मित्तल ने इस बात को विशेष महत्त्व नहीं दिया। कुसुम के माता-पिता द्वारा यह बात पक्की हो गई थी कि कुसुम और कमल दोनों का विवाह निश्चित हो चुका है। इन परिस्थितियों में मृतक को जो कुछ करना था उसकी योजना उसने पहले ही से तैयार कर रखी थी।

पोस्ट-मार्टम की एक बात को बिलकुल छोड़ दिया गया है। वह यह कि मृतक के पेट की गड़बड़ और दस्त तथा मरोड़ वास्तव में वारतव में आन्तरिक ख़राबी के कारण नहीं थे, बल्कि यह हालत बाहरी दवा इस्तेमाल करने से पैदा हुई। उसके बारे में अधिक विस्तार में जाने से प्रकट होता है कि किसी दस्तावर चीज़ के सेवन से मृतक की ऐसी दशा हुई। इस सम्बन्ध में पोस्ट-मार्टम की रिपोर्ट और सर्जनों की राय देखी जा सकती है। इस एक बात से प्रकट होता है कि दाल में कुछ काला ज़रूर है। इसमें सन्देह नहीं कि मृत्यु मारफिया के इन्जेक्शन से हुई लेकिन प्रश्न यह है कि किसी दस्तावर चीज़ के सेवन से पेट में यह गड़बड़ क्यों पैदा की गयी?

डिस्पेंसरी में नर्स के अतिरिक्त एक बारह वर्ष का लड़का भी था, जिसे पुलिस ने जाँच के सिलसिले में बिलकुल नज़रअन्दाज़ कर दिया है। यद्यपि साधारणतः उस लड़के का इस सम्बन्ध में कोई महत्त्व नहीं था किन्तु इस घटना में वह एक बहुत ही महत्त्वपूर्ण गवाह है जिसे गवाही के लिए पेश किया जायेगा।

घटना इस प्रकार है कि अभियुक्त रोगी को कालरा का साधारण इन्जेक्शन देने के बाद चाय पीने के लिए चला गया और जाते-जाते उस लड़के को आदेश देता गया कि वह इन्जेक्शन लगाने की सुई और उसके सम्बन्धित अन्य औजारों को उबलते हुए पानी में डालकर साफ़ करने के बाद अलमारी में रख दे। अभियुक्त इससे पहले भी इन्जेक्शन का काम होने के बाद सुई को उबलते पानी में साफ़ करके ही अलमारी में रखता था।

उस समय डिस्पेंसरी की चाबियों का गुच्छा, लड़के के बयान के अनुसार, अलमारी में लगे हुए ताले के साथ लटक रहा था। अभियुक्त का आदेश पाकर लड़के ने सुई आदि को पानी में डाला और स्वयं डिस्पेंसरी की कुछ चादरें जो धूप में पड़ी थीं, उठाने के लिए बाहर गया। उस समय दत्त के कमरे में कोई नहीं था। लड़के को चादरें तह करके और उन्हें सम्हालकर रखने में कुछ मिनट लग गये। जब वह वापस आया तो उसने देखा कि सुई स्प्रिट लैम्प पर उबलते हुए पानी से बाहर पड़ी है और चाबियों का गुच्छा अलमारी के ताले की जगह रोगी के निकट रखी हुई तिपाई पर रखा है। मारफिया के टीके की शीशी चारपाई के नीचे दीवार के साथ लुढ़का दी गयी थी। मी लार्ड! और साथ ही याद रहे कि अभियुक्त इस बीच में वापस नहीं आया जैसा कि स्वयं श्री मित्तल ने स्वीकार किया है। मृतक की बाँह पर दो इन्जेक्शन के चिह्न पाये गये—एक वह असली, जो अभियुक्त ने लगाया था और दूसरा मारफिया का, जो स्वयं मृतक ने लगाया। मेरे विचार में यह कहना बेक़ार होगा कि हो सकता है पहला इन्जेक्शन अभियुक्त ने मारफिया का ही लगाया हो लेकिन प्रश्न यह उठता है कि दूसरा इन्जेक्शन किसने लगाया और क्यों? कालरा इन्जेक्शन का ट्यूब स्वयं नर्स ने अभियुक्त के हाथ में दिया था जैसा कि उसने अपने बयान में कहा है।

हमारी बहस तीन प्रश्नों पर केन्द्रित रहेगी। पहला यह कि क्या अभियुक्त के मार्ग में दत्त किसी तरह भी बाधक था? और क्या अभियुक्त को कुसुम को प्राप्त करने के लिए मृतक की हत्या करनी आवश्यक थी, जब कि कुसुम उसे दिलोजान से चाहती थी और उसके माता-पिता की ओर से उन्हें विवाह करने की अनुमति मिल गयी थी!

दूसरा प्रश्न यह है कि क्या मृतक ने यह जानते हुए कि वह जिस लड़की को पसन्द करता है वह उसे नही चाहती, उस पर डोरे डालने की कोशिश नहीं की और बाद में अपने पत्रों में उसने कुसुम को तबाह और बर्बाद कर देने की धमकियाँ नहीं दीं। इस बात के लिखित प्रमाण मौज़ूद हैं, जिससे न केवल उपर्युक्त बातें सिद्ध होती हैं बल्कि यह भी साबित होता है कि उसके मन में अभियुक्त के विरुद्ध तीव्र घृणा का भाव विद्यमान था।

"तीसरी बात यह है कि क्या इस बात का पक्का प्रमाण नहीं मिलता कि मृतक ने बड़ी घृणित ढंग से अपनी पराजय का बदला लेने के लिए अपनी हत्या स्वयं ही की?"

अभियुक्त के विरुद्ध और उसके पक्ष में जो बयानात थे उनका यही सार था। इन बातों पर बहस-मुबाहसे, जिरह और गवाहों के बयान आदि सब कार्यवाहियों में सोलह महीने के लगभग बीत गये। अन्त में फैसले की तारीख निश्चित कर दी गयी।

36

गिरी है जिस पे कल बिजली वो मेरा आशियाँ क्यों हो?

जिस दिन इस सनसनीखेज़ मुकदमे का फैसला सुनाया जाने वाला था, उस दिन अदालत का कमरा खचाखच भरा हुआ था।

उमादेवी, उनके पति, कुसुम, प्रकाश, एम.मोने, उसकी दोनों बहनें, माता-पिता और इनके अतिरिक्त गुड़गाँव के और बहुत से लोग भी उपस्थित थे जो अदालत के कमरे से बाहर तक फैले हुए थे।

अभियुक्त को अदालत के कटघरे में लाया गया। पहले कुछ महीनों में कमल के चेहरे पर इस घटना की प्रतिक्रिया के जो गहरे चिह्न दिखते थे उनमें अब बहुत कमी आ गयी थी। उसके जीवन का यह पन्ना इतना अचानक उलट गया था कि वह बड़ी कठिनाई से सँभल सका। अब उसका स्वास्थ्य बहुत अधिक गिरा हुआ नहीं था किन्तु उसकी काली आँखों की गहराई में एक विचित्र-सी उदासी घर कर गयी थी।

जूरी ने एकमत से अभियुक्त को बेगुनाह घोषित किया।

योग्य जज ने अपना लम्बा बयान पढ़कर फैसला सुनाते हुए कहा कि अभियुक्त कानून की दृष्टि में बिलकुल बेगुनाह है और उसे सम्मान के साथ बरी किया जाता है।

कमल को जैसे अपने कानों पर विश्वास नहीं आया। वह लोगों के जमघटे में अदालत से बाहर निकला। उमादेवी ने फैसला सुना तो उनके चेहरे पर रौनक़ आ गयी और वह जहाँ कि तहाँ बैठ गयी। कुसुम ने अपनी बांहें, जो पहले गदराई हुई थीं, किन्तु अब सूख गयी थीं, माँ के गले में डाल दीं।

जब कमल अदालत से बाहर निकला तो कुछ दोस्त फूलों के हार ले आये और हर तरफ़ से बधाई की आवाज़ें आने लगीं।

प्रकाश उसके मुक़दमें का फैसला सुनने के लिए छुट्टी लेकर आया हुआ था। दोनों गले मिले।

मुक़दमें की कार्यवाही दिल्ली में हुई थी, इसलिए वे सब दिल्ली से गुड़गाँव आ गये। वहाँ पर कमल ने पुराने खेत, अपनी डिस्पेंसरी, खुले मैदान और अन्य जानी-पहचानी चीज़ें देखीं।

दो-तीन दिन तक उसकी विचित्र स्थिति रही। जैसे उसने अभी-अभी कोई डरावना स्वप्न देखा हो। अपने इर्द-गिर्द घूमने-फिरने वाले उसे छाया की भाँति दिखायी पड़ते थे।

प्रकाश को बहुत कम छुट्टी मिली थी, अतएव उसने चौथे दिन कमल से कहा—"भई, अब मैं तो जाऊँगा। तुम अब सुस्ती झाड़ो और अपना काम शुरू कर डालो फिर से।"

कमल ने पहले तो कोई उत्तर नहीं दिया और फिर धीमे स्वर में बोला—"प्रकाश! अब मेरा यहाँ रहना नामुमकिन है। मेरा मन इस जगह से उचाट हो गया। इस स्थान की हैसियत मेरी भावनाओं के मरघट की-सी होकर रह गयी है। अब मैं यहाँ से वापस बम्बई चला जाऊँगा। वहाँ अपना मकान भी मौज़ूद है, वहीं रहूँगा। मैं वहाँ से भागकर यहाँ आया था, लेकिन अब महसूस करता हूँ कि मुझे हार्दिक शान्ति अपने पिता जी के बनाये हुए मकान में जाकर ही प्राप्त होगी।"

"अरे वाह! इस तरह बच्चों की-सी बातें न करो। अब तुम्हें चाहिए कि कुसुम से विवाह करके यहीं पर सुख-चैन से जीवन बिताओ।"

"नहीं, अब मैं शादी नहीं करूँगा।"

"कुसुम से शादी नहीं करोगे, यह क्या कहते हो? जानते हो, उसने यह सवा साल तुम्हारी याद में किस तरह काटा है?"

"कुसुम से क्या, मैं अब किसी से शादी नहीं करूँगा। प्रकाश! भाग्य में हम दोनों का संयोग नहीं लिखा था, नहीं तो मुझ पर इतनी बड़ी विपदा क्यों आती? अब तो मुझे शादी के नाम से ही नफ़रत हो गयी है। कल मैं तुम्हारे साथ ही यहाँ से रवाना हो जाऊँगा।"

"और कुसुम? जब से आये हो, वह तुम्हारा मुँह ताक रही है, लेकिन तुम हो कि..."

"कुसुम जवान है। उसकी जिस किसी से भी शादी हो जायेगी, वह उसे ख़ुश कर लेगा।"

"बको मत!"

"प्रकाश!" कमल ने दृढ़ स्वर में कहा—"यह मेरा पक्का और अन्तिम निर्णय है। तुम नहीं जानते कि इस सवा साल में मेरे अन्दर क्या परिवर्तन हो गया है। मेरे लिए दुर्घटना कोई साधारण दुर्घटना नहीं थी।"

उसी दिन दोपहर के समय कमल ने कुसुम को पत्र लिखा—

"प्रिय कुसुम!

तुमको यह पत्र पाकर आश्चर्य भी होगा और निराशा भी क्योंकि ऐसी बात कहने जा रहा हूँ, जो तुम्हारी आशाओं के सर्वथा विपरीत होगी। और वह बात यह है कि मैं तुम्हारा जीवन-साथी नहीं बन सकता। यद्यपि यह बड़ा अन्याय होगा तुम्हारे प्रति, लेकिन मैं ऐसा क्यों कर रहा हूँ, इसके पक्ष में मेरे पास कोई तर्क नहीं है। बस, यह

समझो कि मेरी मानसिक दशा ही ऐसी ही गई है। इस अचानक दुर्घटना का मेरे मस्तिष्क पर इतना गहरा प्रभाव पड़ा है कि मेरे मन से विवाह करने और अपनी प्यारी पत्नी के साथ सुख-शान्ति का जीवन व्यतीत करने की सारी ख़ुशी और उमंग समाप्त हो गयी है।

तुम यही समझ लो कि यह सब संयोग का खेल है, नहीं तो मुझ पर ऐसी विपदा क्यों आती?

यह बात नहीं कि मैं और किसी स्त्री से विवाह करके प्रसन्न रह सकूँगा, बल्कि अब विवाह का विचार ही मन से निकाल देना है। जिसे मैंने प्यार किया था अब उसी को अपनी न बना सका तब और किसी का सवाल ही नहीं पैदा होता।

तुम्हारे मन में मेरे लिए जो भाव हैं और तुम जिस तीव्रता से मुझे चाहती हो और तुम्हें मुझसे जो आशाएँ हैं, मैं उनसे अनभिज्ञ नहीं हूँ। ऐसी परिस्थिति में मेरी जो जिम्मेदारी है वह भी मैं समझता हूँ और वास्तव में सच्चे दिल से मैं यह अनुभव करता हूँ कि इस तरह पीछे हटने के पक्ष में मैं कोई उचित तर्क नहीं दे पा रहा हूँ। तुम्हें इस बात का अधिकार है कि तुम मुझसे इस धोखेबाजी के लिए जवाब-तलब करो। लेकिन मैं तुम्हें कैसे बताऊँ कि मैं इस दुर्घटना को और इस दुर्घटना के पहले तक की कुल घटनाओं को अपने मन से बिलकुल भुला देना चाहता हूँ।

आसपास के जाने-पहचाने स्थान जिनसे मेरी सुखद स्मृतियाँ सम्बद्ध हैं, अब मुझे तनिक नहीं भाते। अब मैं इस जगह नहीं रह सकता। इस जगह की किसी चीज़ को अपनाना नहीं चाहता कि मुझे इस घटना की याद फिर आये। मैं अतीत से भाग जाना चाहता हूँ—हमेशा-हमेशा के लिए भाग जाना चाहता हूँ।

यह सही है कि मैं कोई उचित तर्क नहीं उपस्थित कर सका। मेरे मन की जो स्थिति है वह भी बड़े अधूरेपन से प्रकट कर सका हूँ। इसलिए मैं तुमसे केवल क्षमा चाहता हूँ। मुझे आशा है कि तुम मेरा विचार त्यागकर किसी अन्य पुरुष को अपने जीवन का साथी बना लोगी और मेरी कामना है कि वह तुम्हें सदैव प्रसन्न रखे।

अब मुझसे कुछ और नहीं लिखा जाता।

तुम्हारा—

अभागा कमल''

यह पत्र लिखकर उसने बिना टिकट के लिफ़ाफे में बन्द कर दिया और उसे प्रकाश के हवाले करते हुए कहा कि वह मोने से कह दे कि हमारे जाने के बाद वह यह पत्र कुसुम को दे दे, इससे पहले नहीं।

37

एक टूटे हुए मक़बरे के क़रीब, एक हसीं जूये-बार बहती है।
मौत कितना ही एतराज करे, ज़िन्दगी बेक़रार रहती है।

गाड़ी सुबह पाँच बजे के करीब स्टेशन पर पहुँचती थी। प्रकाश ने कमल से कहा कि मैं मोने के साथ सामान लेकर चार ही बजे यहाँ से चल दूँगा। तुम चाहे रुककर आ जाना। कमल ने कहा कि वह उनके साथ ही जायेगा। लेकिन जब सुबह चार बजे उसकी आँख खुली तो उसने देखा के प्रकाश आदि बिलकुल तैयार बैठे थे। कहने लगे—"तुम्हें हमने जगाया नहीं, कि बेक़ार नींद ख़राब होगी। अब हम सामान लेकर चलते हैं। तांगा बाहर खड़ा है। तुम मोने की साइकिल लेकर चले आना।"

कमल ने जल्दी से मुँह-हाथ धोकर कपड़े पहने और एक प्याली चाय पी। फिर प्रकाश के माता-पिता आदि से विदा होकर मोने की साइकिल पर सवार हुआ। अभी गाड़ी आने में बीस मिनट बाक़ी थे।

स्टेशन कस्बे से काफ़ी दूर है। पर जब कमल स्टेशन से एक या डेढ़ फर्लांग इधर ही था तभी उसे कोई स्त्री पैदल चलती हुई दिखायी पड़ी। तारों के मन्द प्रकाश में कुछ साफ़ नहीं दिख रहा था। जब वह निकट पहुँचा तो उसे पता चला कि वह महिला उमादेवी थीं।

कमल तुरन्त साइकिल से उतरा और उसने दोनों हाथ जोड़कर नमस्कार किया। उमादेवी के शुष्क होंठों पर मुसकराहट उत्पन्न हुई और वह बोलीं—"बेटा! तुम तो हमसे मिले बिना ही चले जा रहे थे। हमने सोचा ख़ुद ही जाकर मिल लें।"

कमल बड़ा लज्जित हो रहा था। हकलाकर बोला—"जी...जी बात...जी... बात..."

"कोई बात नहीं।" उमादेवी ने बढ़कर उसके कन्धे पर हाथ रखते हुए कहा—"मुझे इस बात की प्रसन्नता है कि तुम हमें बिलकुल नहीं भूल गये, क्योंकि तुम्हारी चिट्ठी कुसुम को मिल गयी थी। वह मैंने भी पढ़ ली है।"

अब तो कमल के हाथों के तोते उड़ गये। और भी हकलाकर बोला—"वह... वह...वह तो मैंने..."

"हाँ-हाँ, ठीक है। प्रकाश ने तुम्हारे हुक्म के ख़िलाफ वह चिट्ठी तुम्हारे जाने के पहले ही हमें पहुँचा दी थी।"

"मैं बहुत लज्जित हूँ। मैं क्षमा चाहता हूँ मगर..."

उमादेवी उसे नरमी से सड़क से हटाकर खुले खेत में ले गयी, जहाँ अनन्त आकाश में चमकते हुए तारों का मन्द प्रकाश फैला था और शीतल प्रभात-समीर बह रहा था।

अभी गाड़ी आने में पन्द्रह मिनट बाक़ी थे, इसलिए कमल उमादेवी के साथ हो लिया। उसकी समझ में नहीं आ रहा था कि अब क्या बात होगी और उसका उसे क्या उत्तर देना होगा।

उमादेवी ने सहसा रुककर उसकी आँखों में आँखें डाल धीमे किन्तु दृढ़ स्वर में कहा—"चाहे आदमी किसी भी अवसर पर कितना भी धोखेबाज बन जाये किन्तु यह बात कभी सुनने में नहीं आयी कि कोई बेटा अपनी माँ को छोड़कर भाग निकला हो।"

कमल कुछ न बोला।

बेटा! तुम्हें पता है न, कि तुम्हारे पिता जी जीवन भर किसी लड़की के प्रेम में तड़पते रहे? जो दशा उसकी रही उनसे तुम अपरिचित नहीं हो...हूँ?"

"जी!"

उमादेवी ने किंचित् रुककर कहा—"वह लड़की मैं हूँ।"

"आप?"

"हाँ, मैं! सबूत, तुम्हारे पिता जी के दो पत्र हैं जो उन्होंने मुझे उस समय लिखे थे।"

कमल अवाक् उमादेवी की ओर देख रहा था।

"तुम्हें आज यह भेद मालूम हुआ है, मुझे पहले ही से इस बात का पता चल गया था कि तुम किस बाप के बेटे हो और शायद अब तुमको इस बात का अनुभव हो गया होगा कि हम दोनों वास्तव में एक-दूसरे के कितने निकट हैं।"

कमल चुपचाप उमादेवी के चेहरे की ओर देखे जा रहा था, मानो आज उन्हें पहली बार देख रहा हो।

"मैं भी कभी जवान थी और तुम्हारे पिता भी। हम दोनों एक-दूसरे के हो गये। कमल बेटा! यह प्रेम और कोमल भावनाओं की बड़ी सुन्दर किन्तु दुःखान्त कहानी है। एक-दूसरे के होकर भी, एक-दूसरे को अपना मानकर भी हम एक-दूसरे के न हो सके। मैदान छोड़कर मैं भागी थी। मैं तुम्हारी तरह संयोग के गोरखधन्धे में फँस गयी थी। मैं समझती थी कि वह सब संयोग के कारण ही होता है लेकिन यह बात अब मेरी समझ में आयी है कि यदि ये संयोग किसी दैवी इच्छा या आदेश के अनुकूल होते हैं तो मैं जीवन-पर्यन्त अपने पति के स्थान पर मन-ही-मन में किसी पर-पुरुष की पूजा करने पर क्यों विवश रही और तुम्हारे पिता मुझे छोड़कर फिर जीवन-पर्यन्त क्यों किसी और को न अपना सके। यदि संयोग किसी दैवी इच्छा का प्रतीक है तो फिर निन्यान्बे प्रतिशत भारतीय विवाह असफल क्यों रहते हैं? याद रखो, जिस देश में अप्रसन्न जोड़े एक-दूसरे के साथ रहने पर बाध्य किये जाते हैं वहाँ के लोगों का चरित्र और नैतिक स्तर कभी ऊँचा नहीं हो सकता। वे कभी अच्छे नागरिक नहीं बन सकते।"

उमादेवी क्षणभर को रुकीं और फिर बोलीं—"तुम अपने पिता की तरह अत्यधिक भावुक हो। तुम बच्चों की-सी बातें कर रहे हो। लेकिन बेटा! अब तुम बड़े हो गये हो। तुम्हें बड़ों की तरह ज़िन्दगी का मुकाबला करना चाहिए। यह क्या कि एक घटना तुम्हारे पूरे जीवन की उलट-पुलटकर रख दे। बेशक़ तुम पढ़े-लिखे हो, लेकिन एक बात तुम नहीं समझ सके कि यह घटना केवल तुम्हारे जीवन में नहीं घटी, बल्कि यह कुसुम और तुम्हारे दोनों के जीवन में घटी है। तुम दोनों एक हो चुके थे। और एक हो जाने के बाद बुरी-भली बात जो भी होगी वह एक के साथ नहीं, दोनों के साथ होगी। तुम्हें मालूम नहीं, कुसुम के खाने-पीने और खेलने-कूदने के दिन हैं लेकिन सारा गुड़गाँव इस बात का गवाह है कि तुम्हारी अनुपस्थिति में एक दिन भी कुसुम को किसी ने खेलना तो दूर रहा, हँसते और मुसकराते भी नहीं देखा। क्यों? इसलिए कि वह तुम्हारे व्यक्तित्व का ही एक अंश है। वह तुमसे घुलमिलकर एक हो गयी है। लेकिन तुम हो कि अपने अर्द्धांग को छोड़े जा रहे हो और समझते हो कि बड़ा तीर मार रहे हो! एक बार मैंने अपनी स्वर्गीया माँ की आत्मा की शान्ति के लिए अपने होने वाले स्वामी को अपने आप अलग कर दिया लेकिन अब मैं अच्छी तरह समझती हूँ कि स्वयं इतनी अशान्त रहकर और एक ऐसे व्यक्ति को जो मेरा और केवल मेरा हो चुका था, जीवन-पर्यन्त अशान्त रखकर मैं अपने माता-पिता की आत्मा को रत्ती भर भी शान्ति नहीं पहुँचा सकी...आज तुम शान्ति की खोज में निकले हो, लेकिन वास्तव में शान्ति को पीछे छोड़े जा रहे हो।

जिस घर में तुम्हारे पिता जी तुम्हारी छम-छम करती हुई बहू लाना चाहते थे, उसमें अब तुम दुनिया से एक रूठा दिल लेकर जाओगे तो क्या उनकी आत्मा को शान्ति मिलेगी?"

कमल एक टूटे हुए पेड़ की भाँति घुटनों के बल गिर पड़ा और उमादेवी की टाँगों से लिपटकर बच्चे की तरह फूट-फूटकर रोने लगा।

स्टेशन पर गाड़ी आ गयी।

उमादेवी ने उसका सिर ऊपर उठाया और उसके आँसू अपनी साड़ी के आँचल से पोंछे। कमल ने भर्राये हुए स्वर में पूछा—"कुसुम कहाँ है?"

"कुसुम को मैं जेब में नहीं डाले फिरती। घर पर पड़ी सो रही होगी।"

यह सुन कमल जल्दी से उठकर स्टेशन की ओर भागा और जाते-जाते बोला—"मैं अभी सामान वापस लाता हूँ।"

कमल स्टेशन पहुँचा तो देखा कि प्रकाश ने सामान गाड़ी में रखवा दिया है और स्वयं डिब्बे के दरवाजे पर बाहर खड़ा मुसकरा रहा है।

कमल दूर से चिल्लाया—"प्रकाश! सामान उतार लो, मैं नहीं जाऊँगा।"

प्रकाश टस से मस नहीं हुआ।

इस पर कमल झल्लाकर उसके पास पहुँचा और इसके पहले कि कुछ कहे प्रकाश आगे से हट गया और उसने देखा सामने सीट पर कुसुम बैठी है।

"अरे!" वह तुरन्त डिब्बे में घुस पड़ा।

प्रकाश बोला—"सामान कैसे उतर सकता है, अब तो कुसुम का सामान भी रखवा दिया। उधर गाड़ी भी चलने वाली है।"

कमल ने उसकी किसी बात पर ध्यान नहीं दिया। झपटकर आगे बढ़ा और सीट पर बैठकर कुसुम का सिर अपनी छाती से लगा लिया।

इसी बीच में गाड़ी चल दी।

"अरे! अब क्या होगा?"

"होगा क्या! जाओ, दोनों सैर कर आओ बम्बई की, फिर आ जाना।"

एक-दूसरे के कन्धे पर बाँह रखकर कमल और कुसुम ने खिड़की से बाहर झाँककर देखा तो उमादेवी को अपने नमस्कार का उत्तर देते और हाथ से चले जाने का संकेत करते पाया।

उधर पूर्व में सुबह का सितारा झिलमिला रहा था और इधर कुसुम की काली आँखों के कोनों में ख़ुशी के दो आँसू थे।

●●●